I0818352

NETFLIX

STRANGER THINGS

EL EXPERIMENTO DE DUSTIN

GRANTRAVESÍA

NETFLIX

STRANGER THINGS

EL EXPERIMENTO DE DUSTIN

J. L. D'AMATO

GRANTRAVESÍA

Ésta es una obra de ficción. Los nombres, personajes, lugares e incidentes son producto de la imaginación del creador o se usan de manera ficticia. Cualquier semejanza con personas (vivas o muertas), acontecimientos o lugares reales es mera coincidencia.

STRANGER THINGS: EL EXPERIMENTO DE DUSTIN

Título original: *Stranger Things: The Dustin Experiment*

Publicado según acuerdo con Random House Children's Books, una división de Penguin Random House, LLC, New York

Traducción: Táibele Ha'

Portada e ilustraciones de interior: © 2024, Netflix, Inc.
Arte de portada: Ian Keltie

D.R. © 2025, Editorial Océano de México, S.A. de C.V.
Guillermo Barroso 17-5, Col. Industrial Las Armas
Tlalnepantla de Baz, 54080, Estado de México
info@oceano.com.mx

Primera edición: 2025

ISBN: 978-607-584-078-9

IMPRESO EN MÉXICO / *PRINTED IN MEXICO*

A todos los chicos que orgullosamente reivindican su apodo de nerd, raro o friki. Dustin estaría orgulloso

S
T
NERDS x FREAKS

PRIMERA PARTE

CAPÍTULO UNO

VIERNES 30 DE AGOSTO DE 1985

No intento alardear cuando digo esto, pero he tenido *muchas* buenas ideas en mi vida.

Como ese año del campamento de ciencias en el que construí un artilugio que podía sacar las papas fritas del fondo de una lata de Pringles. (Sigo pensando que debería patentarlo.)

O aquella vez que le dije a mamá que quería "lasaña de panqueques" en lugar de un pastel de cumpleaños y el resultado fue épicamente delicioso.

Por no mencionar que fui yo quien le propuso a la Hermandad establecer unas normas formales de derecho, tanto en Calabozos y Dragones como en la vida, después de que todo se fuera al diablo en el Paso de Piedrasangre. Y esas leyes nos han salvado el trasero más veces de las que puedo contar.

Y, luego, está todo el asunto de ayudar a salvar a Hawkins y al mundo de monstruos de una dimensión alternativa en múltiples ocasiones.

Sólo digo que a veces me asombro incluso a mí mismo.

Como en este momento. Acabo de azotar con fuerza un folleto contra la mesa de la cafetería de la escuela, frente a

Mike y Lucas, y estoy seguro de que se trata de mi mejor idea hasta ahora.

Básicamente, soy un genio. Una mente maestra, incluso. Yo...

—...No estoy muy seguro de esto, hombre —dice Lucas, con la voz entrecortada interrumpiendo mi ensueño autocomplaciente y apuñalándome por la espalda.

Lucas está masticando almendras como si nada, como si no acabara de aplastar mis sueños. Echa un vistazo a la cafetería, quizá buscando a Max. Ella no se ha sentado a comer con nosotros en toda esta primera semana de clases, pero sé que él aún mantiene la esperanza. Yo soy menos optimista.

—¿Qué *quieres decir* con que no estás muy seguro? —le pregunto.

Se encoge de hombros sin entusiasmo.

—No lo sé —responde Lucas—. O sea, si nos vamos a apuntar al Club Fuego Infernal...

—Por supuesto que nos apuntaremos a Fuego Infernal —aseguro.

—... Y, ¿sabes?, he estado pensando en hacer algo nuevo, así que no sé cuánto tiempo tendré...

Retiro el folleto de la mesa y lo sostengo en alto para ilustrar mi punto.

—¡Pero somos *campeones* de la feria de ciencias! ¿Ese título no significa nada para ti? —digo—. ¿No quieres mantener nuestro legado como científicos *galardonados*?

Porque, como lo establece el folleto, en diciembre tendremos la oportunidad de llevar nuestras anteriores victorias en la feria de ciencias de Hawkins al siguiente nivel, a una feria de ciencias e ingeniería en Indianápolis para estudiantes de toda la zona triestatal.

Mike ha estado terriblemente callado, así que me dirijo a él.

—Vamos, Mike, díselo.

Está apurado haciendo la tarea de español de la próxima clase, pero levanta la vista con un gesto de disculpa. Suelto un resoplido antes de que hable siquiera. *Et tu, Brute?*

—No lo sé. Como sea, sería raro sin Will —dice Mike—. ¿Quién haría que nuestro cartel se viera bien?

Y tiene razón, pero...

—Tienes que estar jugándome una broma —mis cejas se levantan mientras golpeo el folleto de nuevo sobre la mesa, y éste revolotea al caer como si también estuviera decepcionado—. ¿Los dos? Chicos, ¿qué es esto? ¿Qué ha pasado con la búsqueda del conocimiento?

Tal vez estoy siendo *ligeramente* melodramático, pero me siento un poco traicionado. La feria de ciencias era *lo nuestro* en la secundaria, a la altura de Calabozos y Dragones, antes de que *lo nuestro* fuera luchar contra los susodichos monstruos interdimensionales. Y las cosas han sido muy diferentes este año, no sólo por el comienzo de la preparatoria, sino porque Will y Ce se fueron a California, y Max se ha vuelto muy distante desde que todo se vino abajo en la batalla de Starcourt, cuando vio morir a su hermano Billy. Se me ocurrió que sería bueno volver a hacer algo que nos uniera, aparte de la inminente amenaza de morir a manos de un monstruo.

—Si tú quieres, deberías hacerlo —sugiere Lucas, retirándose finalmente de su interminable búsqueda de Max, para dirigir su atención hacia mí—. Es sólo que no quiero empezar mi carrera en la preparatoria como un... —corta la frase, no quiere ofender.

Pero entiendo perfectamente a qué se refiere.

—¿Un nerd? —adivino, mis cejas se alzan de nuevo.

Lucas hace una mueca, y sé que tengo razón.

—O sea, yo no diría que…

—Pero eso es lo que *querías decir*, ¿cierto? —pregunto—. ¿Qué tiene de malo ser un nerd? ¡A mí me encanta ser un nerd!

Como si ésa hubiera sido una señal de entrada, una masa borrosa se precipita hacia mí, y ése es todo el aviso que recibo antes que me golpee en la cabeza una pelota de basquetbol perdida; el dolor se propaga en un costado de mi cabeza mientras me tambaleo hacia atrás y caigo de la silla.

—*Hijo de…* —maldigo antes de darme cuenta de lo que ha pasado y miro a mi alrededor desconcertado.

La pelota de basquetbol aterriza con un triste *plop* justo en mi bandeja del almuerzo.

Por supuesto, con todo el alboroto, la mitad de la cafetería está mirando nuestra mesa y a mí, despatarrado en el suelo. Ocultan sus risitas burlonas detrás de sus manos, pero resuenan en mis oídos. Mike y Lucas se hunden en sus asientos, como si intentaran ser invisibles. Pero yo estoy totalmente perdido, y no tengo tanta suerte.

—Lo siento, chicos —dice un cretino con chamarra deportiva verde, aunque para nada suena como una disculpa.

Recoge la pelota y arruga la nariz cuando ve el puré de papas adherido a ella.

—Deberías tener más cuidado hacia dónde lanzas esa cosa —gruño, quizás en contra de mi buen juicio, pero mi boca suele ir más deprisa que mi ya de por sí veloz cerebro.

Lucas hace una mueca y se oculta la cara con una mano, como si no quisiera que lo asociaran conmigo.

—Quizá tu deberías tener más cuidado en dónde pones esa cabezota tuya, friki —replica el deportista.

No puedo evitar poner los ojos en blanco mientras el tipo se retira con la pelota de regreso hacia su horda de idiotas. Si van a lanzar insultos, lo menos que podrían hacer es ser un poco creativos al respecto. *Friki* es tan poco original, tan poco inspirado.

Me froto donde recibí el golpe y me levanto del piso, me sacudo el polvo de los jeans y me aliso la camiseta antes de dejarme caer en mi asiento, donde Lucas y Mike me dirigen miradas mitad de lástima, mitad de empatía.

—Ése —dice Mike—. *Ése* es el problema de ser un nerd.

Incluso *yo* tengo que apreciar el momento cómico de todo esto, aunque mi cabeza todavía da vueltas por el impacto.

La voz de alguien se eleva por encima del silencio momentáneo de la cafetería.

—¿Nadie te ha dicho que no juegues con las pelotas en casa, Garroway?

Decenas de cabezas se dirigen hacia el sonido, para encontrar a Eddie Munson, que está parado sobre una mesa dirigiéndose al tipo que me acaba de golpear con la pelota y haciendo un gesto lascivo para dejar claro que las pelotas de basquetbol no son las únicas de las que está hablando. Observo la interacción con los ojos muy abiertos y la risa contenida.

He oído hablar *de* Eddie. Todo el mundo conoce a Eddie: es un tipo difícil de pasar por alto, con su cabello largo, su chamarra de cuero y su presencia descaradamente ruidosa. Lleva años en el último año de preparatoria, dirige el club de Calabozos y Dragones, Fuego Infernal, y toca la guitarra en un grupo de metal, y no parece importarle que la gente lo odie por ello. Una vez vi a uno de los chicos de basquetbol intentando insultarlo en un pasillo, y Eddie lo hizo callar con sólo una *mirada*.

Asusta a la gente, pero para mí es una leyenda.

—Cállate, Munson —le responde el deportista.

Eddie levanta los dos dedos medios de sus puños, los apunta directamente hacia el tipo con un siseo exagerado, mostrando la lengua, antes de saltar de la mesa y volver a sentarse, con cara de satisfacción.

El deportista murmura algo en voz baja que sólo puedo imaginar como una retahíla de maldiciones. Pero lo deja pasar, milagrosamente, como si supiera que no debe meterse con Eddie. Como si supiera que a Eddie ni siquiera *le importa*. No es frecuente que me quede sin palabras, pero estoy algo sorprendido.

Poco a poco, el silencio en la cafetería se va disipando a medida que la gente vuelve a hablar.

—Ése es el tipo que dirige el Club Fuego Infernal, ¿cierto? —pregunta Mike, como si no estuviera seguro de si estar aterrorizado o impresionado. Puedo entender ese sentimiento—. Él es un poco…

—¿Épico? —termino.

—Iba a decir *intenso* —replica Mike.

—Sí —digo, la falta de palabras se disipa a medida que me lleno de energía—. Deberíamos intentar hablar con él. Quizá podamos anotar nuestros nombres en la lista de inscripción lo antes posible.

—Sí, quizá —titubea Lucas, tocándose la oreja con el pulgar y evitando mi mirada.

Entrecierro los ojos.

—Muy bien, ¿qué demonios está pasando? —pregunto, volviéndome hacia Lucas y apartando la bandeja de comida profanada por la pelota—. ¿Dónde está el entusiasmo? Primero, la feria de ciencias, ¿y ahora Calabozos y Dragones? ¿Ya nada es sagrado?

Lucas resopla y arruga el ceño.

—Voy a estar en Fuego Infernal, ¿de acuerdo? Sólo que no creo que tengamos que apresurarnos ahora.

Y la cosa es que sé que él está pensando una vez más en la *óptica* de todo esto. De ser asociado con alguien como Eddie Munson. De ser un tipo raro. De ser un *nerd*.

No lo entiendo, en absoluto. Siempre hemos sido los nerds con quienes se meten los imbéciles, y siempre hemos aceptado que eso es así en el universo. Y claro, estaría bien que la gente *no* fuera abusadora, pero yo creía que éramos más maduros como para que nos interesara cambiarnos a nosotros mismos a fin de encajar en el *statu quo*.

—Odio tener que decirte esto, Lucas —refuto— pero ya somos nerds. Hemos *sido* nerds siempre. Dudo que nada cambie eso.

Suena el timbre, marcando el final del almuerzo.

Lucas frunce el ceño y deja caer los hombros, y entonces me doy cuenta de que tal vez lo lastimé al decirle eso.

Respira hondo.

—Yo sólo quería... —suspira— que este año fuera diferente.

Se levanta, lleva su mochila al hombro y levanta su bandeja del almuerzo antes de que yo pueda balbucear cualquier respuesta. Sale hecho una furia, dejándonos a Mike y a mí atrás. Me tomo un minuto antes de empezar a recoger mis cosas. El folleto de la feria de ciencias todavía está sobre la mesa, burlándose de mí, así que lo tomo por si acaso.

—Quiero decir, creo que lo entiendo —dice Mike en voz baja mientras caminamos hacia los contenedores de basura, siguiendo el paso constante de los estudiantes—. Eso de querer... que las cosas sean diferentes.

Y ése es el problema, supongo. Porque yo odio a los abusadores tanto como cualquiera, pero cuando se trata de todo lo demás… sólo quiero que las cosas sigan igual.

Muy pronto, Mike también se separa y se dirige a su siguiente clase, dejándome solo entre la multitud cada vez menor que fluye a mi alrededor en el comedor. Miro el folleto de la feria de ciencias que tengo en las manos.

Arrugo el folleto y lo tiro a la basura al salir.

Hasta ahí llegó esa idea.

▶

Family Video suele estar vacío entre semana, así que cuando Steve recoge a Robin de la escuela para ir al trabajo, algunos días me uno a ellos. Me gusta repasar los estantes de las novedades o hacer la tarea mientras Steve y Robin intercambian chismes entre las interacciones con los clientes, y a todos nos gusta juzgar las elecciones cinematográficas de los distintos visitantes.

Hoy estoy moviendo los videos con, hay que reconocerlo, un poco más de fuerza de la necesaria. La víctima actual es una película infantil con una marioneta de dibujos animados que me mira fijamente.

—¡Es un montón de basura! —digo, agarrando otro VHS para bloquear la inquietante mirada de la marioneta—. Todos estos abusadores imbéciles que sólo se preocupan por la popularidad y las chicas.

—Sí, bueno, bienvenido a la preparatoria —resopla Steve, que está sentado con los pies apoyados en el mostrador, hojeando una revista. Es un recordatorio oportuno de que, hasta hace poco, *Steve* era un abusador un poco imbécil al que sólo le importaban la popularidad y las chicas.

—Sí, pero ya alcanzaron a Lucas, incluso —replico—. ¡Es como si todos hubieran perdido completamente la cabeza, Steve!

—¿Puedes, *por favor*, desahogar tu angustia adolescente en algo que *no* sea la sección de novedades? —pregunta Robin, siguiéndome y enderezando meticulosamente todos los videos que he tocado—. *Apenas* acomodé esto en su lugar, y es nuestra sección más popular, así que, si *tienes* que estropear algo, ¿puedes hacerlo con, por ejemplo, los videos de ejercicios o algo así?

—O la sección de películas extranjeras. Nadie mira nunca allá atrás —añade Steve, todavía distraído con la revista.

—Porque son *paganos* que no entienden que el arte *trasciende* el lenguaje —asegura Robin—. ¿Saben cuánto se están perdiendo por esa perspectiva?

—Apenas me importan las películas en mi idioma, ¿de acuerdo? —dice Steve—. Y me quedé dormido tantas veces en clase de francés que tal vez esté condicionado a desmayarme en cuanto lo escuche.

—Chicos, en serio —interrumpo sus bromas antes de que se sigan desviando, como suele pasar cuando se trata de Steve y Robin—. ¿Cómo se supone que voy a vivir así durante *cuatro años*? Es todo tan primitivo. Y todos actúan tan diferente. Es como si yo fuera el único que mantuvo la cordura.

Steve baja la revista que tiene entre las manos para mirarme, poco impresionado.

—Mira, las cosas cambian. Así es la vida —afirma—. No tiene por qué ser algo malo.

—Se *siente* como algo malo —digo.

Porque cada cambio reciente *ha* sido algo malo, si me lo preguntas. La muerte de Hopper, la partida de Will y Ce. Max cada vez más y más distante desde la muerte de Billy. La preparatoria y todas sus políticas sociales sin sentido.

—Una cosa es que las *cosas* cambien. Pero parece que la *Hermandad* está cambiando. Como si *todo el mundo* estuviera cambiando, menos yo —tomo un video y me vuelvo hacia Steve con los ojos muy abiertos. *He-Man y She-Ra: El secreto de la espada*—. Genial, ¿me puedes prestar ésta?

—Sí, claro —responde Steve, de nuevo absorto en su revista, sin siquiera levantar la mirada para ver de qué película estoy hablando.

—De ninguna manera —dice Robin al mismo tiempo, y le lanza una mirada severa a Steve—. Steve, *por favor,* deja de permitir que tus *niños* renten películas por debajo de la mesa. Todavía no se me ha olvidado el incidente de *Karate Kid*.

—Eso pasó *una* vez —aseguro, metiendo ya la película en mi mochila, a pesar de la exasperación de Robin—. Y todo fue por culpa de Mike, que conste.

Robin desliza con fuerza otro video que yo había agarrado para dejarlo en su posición correcta.

—No me importa de quién fue la culpa, si devuelves otra película con la cinta afuera, como esa vez, y me despiden, e *inevitablemente* me resulta imposible conseguir otro trabajo en este pueblo, y muero de hambre, sola y desamparada, te *perseguiré,* Dustin, lo digo en serio.

—*Como sea* —interviene Steve, cerrando la revista e inclinándose hacia delante para prestarme toda su atención—. Estás creciendo. La gente cambia. Es normal.

Robin renuncia a seguirme y ordenar todo a mi paso. Se apoya con un suspiro en el mostrador.

—Sí, Dios, ¿sabes cuántas personas que eran simpáticas en la secundaria se convirtieron en idiotas totales en cuanto empezaron la preparatoria? —se burla ella—. Fueron como… una cantidad nada despreciable de gente.

Esto no me anima en absoluto.

—Genial —resoplo—, ¿así que todos mis amigos se van a volver imbéciles y me van a dejar solo?

—No es imposible, estadísticamente hablando —afirma Robin—. Pero ustedes, chicos, están ahí el uno para el otro cuando es necesario, ¿sabes? Eso es lo que importa.

—Vaya, Robin —reflexiona Steve—. Eso fue casi… ¿sabio?

—No te hagas el sorprendido —añade Robin—. Estoy *llena* de sabiduría, muchas gracias.

—Todos ustedes están cambiando, eso es seguro —dice Steve—. Pero mientras estén cambiando juntos…

Pero ¿y si no quiero cambiar? ¿Y si…?

—¿Y si ellos están cambiando y yo *no*? —pregunto.

Mi voz es más baja de lo que me gustaría, dejando al descubierto la queja quisquillosa como lo que es en realidad: un verdadero y genuino miedo. Robin parece contrariada y se da golpecitos en la barbilla, pensativa.

—Entonces, quizá sea el momento de probar algo nuevo —propone—. Haz algo que normalmente no harías. Como… ¡ver una película extranjera! ¡Podrías ampliar tus horizontes!

—Ella tiene razón, en realidad, en tu situación —la secunda Steve—. Tienes que arriesgarte.

—¿Como qué?, ¿unirme al equipo de basquetbol? —resoplo ante la mera idea. *No, gracias.* ¿Puedes imaginarme con una camiseta de basquetbol?

—No necesariamente —dice Robin—. Pero podrías hacer otra cosa. Unirte a un club nuevo. Hacer una audición para la obra de la escuela. Hacer nuevos amigos. Haz algo que quieras hacer, por ti, independientemente de si Mike o Lucas o cualquier otro quiera involucrarse. Incluso si te asusta.

No es que esté pegado a Mike y Lucas. Nunca he tenido miedo de hacer cosas sin ellos, desde ir al campamento de ciencias y conocer a Suzie hasta invadir bases ocultas rusas con Steve, Robin y Erica. Pero supongo que siempre nos vi yendo a la preparatoria como un frente unido. Permaneciendo juntos, como siempre lo hemos hecho. No es que nos estemos separando por completo, pero su fácil rechazo a la idea de la feria de ciencias todavía resuena en mi cabeza como una advertencia de que las cosas han cambiado, de que *están* cambiando.

Pero supongo que existe esa vieja cita. *La locura es hacer lo mismo una y otra vez y esperar resultados diferentes.* ¿Y qué es la ciencia, si no probar cosas nuevas, mantener la mente abierta a nuevas preguntas y posibilidades, cuestionar la norma y salir de la zona de confort? Y yo no soy más que un amante del método científico.

—De acuerdo, está bien —acepto—. Probaré cosas nuevas. ¿Qué tan difícil puede ser?

CAPÍTULO DOS

MARTES 3 DE SEPTIEMBRE DE 1985

Si hay algo que sé con certeza en la vida es que cualquier pregunta puede responderse con el poder de la ciencia y la experimentación bien definidas y controladas.

Como todos los buenos experimentos, el nuestro empieza con una observación: la preparatoria es una jungla, de esas que pueden engullirte si no tienes cuidado.

Luego, está la hipótesis, planteada por Steve y Robin, de que probar algo nuevo podría ayudarme a encontrar mi lugar en medio de todo el caos.

Así que me toca a mí probar la teoría.

Me dirijo al gran tablero de anuncios lleno de folletos de todos los clubes y actividades de la preparatoria Hawkins, promocionándose antes de la exhibición de actividades de la próxima semana. Es un poco intimidante, en realidad, mirar todas las opciones. Un millón de potenciales nuevos clubes, nuevas habilidades, nuevos amigos, nuevas *vidas*. Pero ¿qué elijo?

En cuanto a las cosas que me interesan, hay un club de ajedrez, un club de computación y audiciones para el musical de la escuela. Pero no se me da muy bien el ajedrez, y la computación me resulta mucho menos interesante que la tecnología audiovisual, lo que me recuerda una vez más cómo solía ser la Hermandad, así que descarto esas ideas. Y, por lo general, sólo canto con Suzie, así que la idea de subirme a un escenario y cantar me resulta al mismo tiempo extrañamente íntima y demasiado atrevida, por lo que también la descarto.

Alguien que pasa a mi lado tropieza conmigo, demasiado fuerte para ser un accidente. Me golpea con el hombro y hace que pierda el equilibrio, así que tengo que apoyarme en la pared y casi arranco un folleto del club de teatro. Mi gorra cae al suelo.

Esta vez ni siquiera hay un comentario inteligente... lo cual me parece bien, porque todos esos insultos de *friki* y *nerd* y *perdedor* no son especialmente ingeniosos la primera vez que los oyes, y mucho menos la milésima. Lo único que oigo son las risas de los deportistas con sus chamarras verdes que pasan a mi lado. Ninguno de ellos me mira, y mucho menos me ayuda a levantarme.

Respiro hondo para tomar valor y reprimo una colorida serie de maldiciones e insultos que detallan *exactamente* lo que pienso de esos cretinos. No sirve de nada meterse en problemas o poner una diana más grande en mi espalda. Aunque no esté de acuerdo con Lucas en muchas cosas, entiendo que quiera que *esto* sea diferente. Levanto mi gorra y me la vuelvo a poner.

Una copia del folleto de la feria de ciencias me mira fijamente en el tablero de anuncios, burlándose de mí. Lo miro como si se tratara de una ofensa personal.

—Sí, sí —le gruño.

Anoto esta prueba como un fracaso, dejo atrás el tablero de anuncios y agacho la cabeza mientras encuentro el camino para mi salón de clases.

Es lo que tienen los experimentos científicos, supongo. Necesitas un entorno controlado. Y no hay ambiente *menos* controlado que dentro de las paredes de una preparatoria.

▶

El almuerzo empieza igual que la primera semana de clase, es decir, junto a Mike y Lucas en un rincón de la cafetería, sosteniendo con fuerza nuestras bandejas de almuerzo e intercambiando miradas petrificadas, como si nos estuviéramos enfrentando a una horda de demogorgones y no debatiendo dónde sentarnos.

Excepto que, a partir de ahí, ocurre algo diferente.

Un tipo con una chamarra deportiva verde se levanta de su mesa —la mesa ocupada por el equipo de basquetbol— y nos saluda con la mano. No lo reconozco. Es mayor, quizá del último grado, alto y de piel oscura. Miro por encima del hombro, esperando que haya alguien detrás de nosotros, pero no hay nadie. Y entonces…

—¡Lucas! ¡Ven a sentarte con nosotros! —grita.

Se me cae la mandíbula y giro la cabeza hacia Lucas en busca de algún tipo de explicación, pero no puedo pensar en una sola historia que haga que *esto* tenga sentido para mí.

Al parecer, Lucas tampoco, porque se limita a lanzarnos una mirada de culpabilidad antes de devolverle al tipo el saludo con la mano.

—¿Los veo más tarde, chicos? —dice, disculpándose, pero no lo suficiente como para *no dejarnos plantados*, porque luego se va corriendo a unirse al maldito equipo de basquetbol para el almuerzo, dejándonos atrás.

Me quedo boquiabierto un buen rato antes de cerrar la mandíbula.

—¿Estoy alucinando o Lucas acaba de…?

—No estás alucinando —responde Mike con tono grave.

La indignación se mezcla con el pavor, y ambos se asientan con pesadez en mi estómago. ¿Desde cuándo Lucas es amigo de alguien del equipo de basquetbol? Es más, ¿desde cuándo le interesa el basquetbol? ¿Desde cuándo Lucas abandona a sus amigos para luchar solo en el campo de batalla de la cafetería?

—Hijo de puta —murmuro en voz baja, escudriñando la cafetería con ojos analíticos.

El extremo de la mesa que habíamos reclamado para nosotros la semana pasada está ocupado, y el tiempo corre para tomar una decisión, a medida que más y más asientos y más y más mesas se llenan de estudiantes. Tanto movimiento, tanta gente, y no sé por dónde empezar.

—Pareces un poco perdido aquí, *Weird Al* —llega una voz por encima de mi hombro.

Eddie Munson se acerca por detrás de Mike y de mí, y pone una mano en cada uno de nuestros hombros como si fuéramos viejos amigos. Me quedo congelado, los pensamientos desaparecen de mi cabeza por la sorpresa. *¿Weird Al?* Oh…

Miro mi camiseta, no sé si avergonzarme o sentirme orgulloso de la camiseta de la gira que me regalaron cuando Weird Al vino a Indianápolis el año pasado. Pero Eddie no se burla como lo harían los deportistas. De hecho, de cerca da mucho menos miedo de lo que pensaba. Más allá del cabello largo y la chamarra de cuero, es un chico cualquiera, esperando pacientemente a que yo *diga algo*.

—Uh —es lo que digo, que no es el nivel de elocuencia que me gusta mantener.

—Ah, la jungla de la cafetería de la preparatoria —dice Eddie, llenando fácilmente los espacios vacíos de mis pensamientos—. La ancestral cuestión sobre dónde sentarse. ¿Tengo razón? Tienes que decirme si tengo razón.

Mike y yo intercambiamos miradas, pero yo estoy tan perdido como él.

—No te equivocas —confirma Mike con cautela.

—Estoy seguro de que entienden lo esencial —opina Eddie, agitando una mano hacia el resto del lugar, donde las numerosas mesas se van llenando de estudiantes. Señala los grupos a medida que los va nombrando—. Deportistas, animadoras, nerds de la banda, nerds de las matemáticas, nerds del teatro, góticos... que no se deben confundir con los *punks. No* querrás *aprenderlo* por las malas. Y, por supuesto, allí está...

—El Club Fuego Infernal —termino por él. No quiero mostrarme muy entusiasta al respecto, pero mi voz sí suena un poco reverente—. Tú lo diriges, ¿cierto?

Eddie sonríe, complacido, retirando sus manos de nuestros hombros para ponerse frente a nosotros, cara a cara.

—No sólo lo dirijo, Weird Al, yo lo *creé* —aclara—. ¿No me digan que están interesados en unirse?

—Estábamos pensando en eso —responde Mike, haciéndose el interesante.

—*¡Con un demonio, claro que sí!* —exclamo, mucho más entusiasmado—. Hemos jugado Calabozos y Dragones desde siempre. ¡Es tan increíble que exista un club para eso!

—Entonces, mi intuición era correcta —expresa Eddie, asintiendo sabiamente—. Mi radar nerd rara vez me falla —nos dirige a cada uno una mirada valorativa, como si estuviera considerando si debe invertir en nosotros—. ¿En qué rol juegan?

Parece una prueba, pero hablar de Calabozos y Dragones es una de mis muchas habilidades especiales.

—Mike es nuestro paladín —le explico, haciendo un gesto hacia él—, y nuestro amigo Lucas, que también quiere unirse, es un guardabosques, y nuestro clérigo Will acaba de mudarse de aquí…

—¿Y qué hay de ti, Weird Al?

Me vuelvo a ruborizar al oír el nombre.

—Yo juego de bardo —le aclaro. Mi orgullo avanza vacilante hacia la incertidumbre bajo la férrea mirada de Eddie—. Y me llamo Dustin. Dustin Henderson.

—Bien, entonces, Dustin Henderson —dice Eddie, asintiendo, sobre todo para sí mismo, como si hubiera tomado una decisión sobre algo—. Chicos, bienvenidos sean a unirse a nosotros para el almuerzo, si se atreven.

Señala con el pulgar por encima de su hombro hacia una mesa de gente vestida con diversas cantidades de cuero, ropa a cuadros y jeans. Parecen un animado grupo de inadaptados, pero no en el mal sentido, sino todo lo contrario, de hecho. Fuera de la Hermandad, siempre he sido el raro que sobresale, desde las diferencias físicas de mi displasia cleidocraneal hasta mis amplios intereses nerds. Entre inadaptados, creo que encajaría perfectamente.

Mike me llama la atención para tener otro debate sin palabras, que en realidad no entiendo más allá de una serie de movimientos de cejas que sugieren pánico. Sé que la está pasando tan mal como yo con el comienzo de la preparatoria, pero lo ha sobrellevado encerrándose en su habitación con su Nintendo. Lo que significa que tengo que tomar la iniciativa por los dos.

—Nunca rechazo un reto —respondo.

Eddie esboza una sonrisa de satisfacción, me da otra palmada en el hombro y dirige el camino rumbo a la mesa.

Evado la sensación de ser observados mientras cruzamos la cafetería. No sé si estoy imaginando, o si la corriente de estudiantes en verdad se separa como el mar Rojo para abrirle camino a Eddie hasta que estamos en la mesa del Club Fuego Infernal.

—Damas y caballeros —exclama Eddie con aire teatral, sin tener en cuenta que no hay damas en la mesa, hasta donde puedo ver—. Permítanme presentarles a Dustin Henderson y a Mike... Wheeler, ¿cierto?

—Sip —responde Mike en un chillido.

Su hermana mayor, Nancy, y su querida reputación le preceden, como de costumbre.

—Éstos dos son reclutas potenciales de Fuego Infernal —explica Eddie—. Un bardo y un paladín.

—Ésos somos nosotros —afirmo con un torpe gesto con la mano del que me arrepiento de inmediato.

—Siéntense, relájense, únanse a nosotros —nos invita Eddie, sentándose en su silla que está a la cabecera de la mesa.

Mike y yo ocupamos los asientos que nos ofrecen uno al lado del otro. No puedo evitar echarle un vistazo a la cafetería. No sé qué esperaba —como si sentarme con el Club Fuego Infernal fuera a provocar un cambio sísmico que alertara a todos los que están cerca de que somos unos viejos nerds que necesitan insultos de inmediato—, pero a nadie parece importarle.

—Éstos son Gareth, Jeff y Doug —los presenta Eddie, señalando a cada uno de ellos por turno—. Nuestra animada banda de héroes... Gareth el Grande es un ladrón. Jeff juega como druida. Y Doug empezó un nuevo personaje bárbaro hace unos meses, cuando salió *Arcanos Desenterrados*.

Todos tienen un aspecto alternativo, como el de Eddie. Gareth viste una camisa de franela a cuadros con las mangas arrancadas, y tiene una variedad de *pins* y botones en el cuello y por toda la mochila. Cuando echo un vistazo, veo que todos son logotipos de diferentes bandas, algunas de las que sí he oído hablar, pero la mayoría me resultan desconocidas. Doug lleva puesta una chamarra de cuero sobre su camiseta de beisbol del Club Fuego Infernal, y Jeff trae una camiseta de Iron Maiden. Es el tipo de cosas que hacen que gente como Jason Carver y sus deportistas te llamen friki, pero a estos chicos no parece importarles encajar. Al parecer, no tienen ningún problema con ser diferentes.

Me encanta.

No puedo evitar preguntarme cuándo podré tener mi propia camiseta de Fuego Infernal.

—Qué bien. Quería empezar una campaña con algunas de las nuevas expansiones de reglas —le dice Mike a Doug.

Le doy una patada a Mike por debajo de la mesa, porque sé a *ciencia cierta* que él es un purista de Calabozos y Dragones, y cree que las expansiones son innecesarias. Me ignora.

Entablar conversación es fácil, porque todos somos unos entusiastas de nuestros personajes, intercambiamos historias de aventuras pasadas de Calabozos y Dragones, y preguntamos sobre la campaña que Eddie tiene planeada para Fuego Infernal este año. Eddie se niega a revelar nada al respecto, aparte de sonreír malévolamente de la forma en que sólo un Amo del Calabozo lo hace cuando tiene algo en verdad sádico bajo la manga.

Mike está relatando la vez que nuestra Hermandad fue secuestrada por una banda de artistas ambulantes, y mi personaje de bardo tuvo que contar chistes para convencer a uno de ellos de que nos ayudara a escapar. Mike y Eddie tienen ese gen de Amo del Calabozo que los convierte en excelentes narradores, y todos a su alrededor se inclinan para escuchar lo que sucede a continuación.

—Y él dijo: "¿Contempladora? Apenas la conozco" —dice Mike.

Los demás estallan en carcajadas y siento que una cálida sensación recorre mi pecho. Formar parte del grupo me reconforta de una manera que había estado extrañando durante estas primeras semanas de preparatoria. Sentarme con el grupo no es tan aterrador como temía que fuera. Siento que formo parte de algo. Como si tuviera un grupo de aventureros dispuestos a luchar a mi lado, en caso de que algo vaya mal.

Pero esa idea sólo me hace desear que Lucas también estuviera aquí. Miro hacia la mesa del equipo de basquetbol y veo a Lucas sentado con sus nuevos amigos, y todos en la mesa sueltan una carcajada como si supieran que estoy mirando y necesitaran restregármelo. Me sacudo la sensación y vuelvo a centrarme en la mesa del Club Fuego Infernal, donde Eddie juguetea con un Walkman que sacó de su mochila, pero frunce el ceño como si acabara de toparse con una falla crítica.

—¿Qué pasó? —pregunta Gareth—. Te ves como si alguien hubiera sustituido tu Metallica por Madonna o algo así.

—Preferiría a Madonna que al *silencio,* pedazo de basura —responde Eddie, agitando enérgicamente su Walkman y dándole golpecitos con la palma de la mano, como si eso sirviera de algo—. Ayer estaba bien, pero ahora no está tocando nada.

—Déjame verlo —le pido.

—No, está bien, yo me encargo —dice Eddie, haciéndome a un lado para golpear su Walkman contra la mesa. Doy un respingo en nombre de la inocente tecnología.

—En serio, Eddie, dámelo —insisto, extendiendo una mano y moviendo los dedos hasta que cede.

—Bien —suspira Eddie, exasperado, y me entrega el Walkman—. A ver si a *ti* te hace caso.

Lo tomo con suavidad, como si quisiera decirle al pobre que ahora está en buenas manos y que no permitiré que sea golpeado otra vez contra la mesa, si puedo evitarlo.

Por fuera parece estar bien, salvo por algunos arañazos (de los golpes de la mesa, entre otras cosas, seguro), así que tendré que mirar dentro. Para abrirlo necesito un desarmador, pero yo no sería nada si no estuviera preparado: junto con una linterna, pilas y una golosina de emergencia, un estuche de bolsillo de herramientas es una de las cosas que llevo siempre encima. (Porque ir bien equipado es *esencial* para emprender aventuras exitosas, tanto en Calabozos y Dragones como en la vida.) Saco el estuche de mi mochila y comienzo a abrir el Walkman.

Soltar los tornillos es lo que más tiempo lleva. Una vez abierto, queda al descubierto toda su maquinaria interna y veo de inmediato que el problema está en un engranaje pegajoso y una banda que se ha salido de su lugar. El polvo del interior tampoco ayuda, así que me pongo manos a la obra para limpiarlo lo mejor que puedo con las escasas herramientas que tengo a la mano. En poco tiempo, estoy encajando y atornillando las piezas de regreso a su sitio.

—¿Puedo ver ese casete? —pregunto, tendiendo una mano a Eddie sin levantar la vista, absorto en la tarea.

Lo presiona sobre mi mano. Black Sabbath. Lo introduzco en el Walkman, lo cierro y presiono el botón de reproducción.

La música suena en los audífonos. Eddie los toma, se los pone, sonríe y mueve la cabeza al ritmo de la música durante unos compases.

—¡Maldita sea, Henderson! —grita Eddie por encima de la música, que suena tan fuerte en sus oídos que hasta yo escucho el chirrido de las guitarras—. Eres un genio.

—A mamá le gusta decirlo —digo con una sonrisa.

—Entonces, ésta va para ella —añade Eddie.

En ese momento, se pone de pie de un salto, ensancha su postura, toca la guitarra imaginaria. Se entrega a fondo, con todo su cuerpo, como si estuviera actuando en un estadio lleno y no en la cafetería de la escuela. La gente de las mesas cercanas se gira para reírse, enarcando las cejas u observándolo con furia antes de hacer comentarios socarrones a sus amigos, pero a Eddie no le importa nada más que la música. Lo observo, asombrado por lo poco que le importa lo que piensen de él los demás.

Suena el timbre y, en un instante, todo el mundo se apresura a limpiar y salir corriendo a sus próximas clases. Pero Eddie se toma el tiempo de terminar su solo, así que yo me tomo el tiempo de presenciar el acto hasta el final y aplaudo, lanzando algunos gritos de júbilo por si acaso.

—Oh, Dios, no lo animes —me pide Doug—. Acabará dándonos un espectáculo en cada comida durante el resto de la semana.

Eddie hace una profunda reverencia con los brazos extendidos mientras Doug, Gareth y Jeff se marchan, lanzando gritos de *hasta luego* y *fue un gusto conocerlos*.

—Gracias por unirse hoy a nuestro heterogéneo grupo, caballeros —dice Eddie, recogiendo tranquilamente sus cosas mientras la cafetería se vacía.

—Sí, gracias —responde Mike—. Estoy deseando que empiece la campaña, pero volveré a llegar tarde a la clase de inglés, la señorita Beechman me va a matar.

—Ella es muy estricta —asegura Eddie, haciendo un gesto compasivo—. Que Dios te ayude, chico.

Hace el saludo de un soldado y Mike sale corriendo. Yo también estoy cerca de llegar tarde a mi clase de latín, pero aminoro el paso para igualar el de Eddie mientras nos dirigimos a la puerta de la cafetería.

—Hey, Henderson —Eddie se detiene en la puerta y se vuelve hacia mí.

Casi tropiezo con él, pero recupero el equilibrio.

—¿Sí? —pregunto.

Cambia el apoyo de su peso y retuerce los anillos que adornan sus dedos, y creo que es la primera vez que veo a Eddie menos seguro de sí mismo.

—Eres bastante bueno con la tecnología y… mmm… arreglando cosas, ¿cierto? —pregunta.

—A veces —respondo, siendo más humilde de lo que debería ser—. Cosas de audiovisuales, seguro, pero he incursionado también en otras áreas.

—Si no es una tortura, tengo un amplificador estropeado —dice Eddie—. Y se supone que nuestra banda va a tocar en el Hideout la próxima semana, pero Dios sabe que no puedo comprar uno nuevo. Si lo traigo a la escuela un día, ¿crees que podrías echarle un vistazo?

—Oh, claro —contesto—. Si no puedo arreglarlo, seguro que puedo averiguar qué le pasa…

Por pura persistencia y no por otra cosa, porque no voy a permitirme defraudar a Eddie cuando él potencialmente tiene el futuro de mi experiencia de la escuela preparatoria —y definitivamente, mi experiencia en el Club Fuego Infernal— en sus manos.

—Eres una leyenda, amigo mío, en serio —asegura Eddie—. Ataúd Oxidado y nuestras *legiones* de fans te deberán la vida.

—Lo tendré en cuenta si alguna vez tengo que formar un ejército —digo, pero percibo el sarcasmo que se esconde tras su hipérbole, incluso antes de que continúe.

—Sería una fuerza impresionante de quizá... ¿diez metaleros drogados y borrachos asiduos a los bares? —Eddie ríe—. Lo que suena como mi tipo de fiesta. Pero, hey, lo traeré mañana, ¿sí?

Ya estoy revisando mentalmente los libros de la biblioteca sobre el tema para asegurarme de saber lo que haré, y elaboro estrategias para llevarme a hurtadillas unos cuantos libros más del límite de cinco sin que se dé cuenta el bibliotecario.

—Sí, de acuerdo —me despido—. Te veré entonces.

▶

Esa noche llego a casa con cinco libros sobre tecnología de audio y circuitos recién sacados de la biblioteca (y tres más de contrabando en mi mochila). Además, conseguí algunos manuales de modelos recientes de amplificadores, algunas herramientas esenciales que no tenía todavía y un puñado de componentes de RadioShack, por si acaso el amplificador de Eddie necesita que se reemplace alguna pieza mañana.

Es muy posible que me esté excediendo un poco, pero en mi opinión siempre es mejor estar preparado de más que de menos, si me lo preguntas.

Mamá levanta las cejas desde su lugar en el sofá, con la gata Tews acurrucada en su regazo, ronroneando, mientras mamá le rasca la cabeza con gesto distraído.

—¿Qué es todo esto, Dusty? —pregunta, mirando mis brazos llenos de *cosas.*

Apenas me las arreglé para regresar a casa en la bicicleta cargando todo esto. Pero mamá se ha acostumbrado lo suficiente a mis curiosos desvíos de tema y ya no se preocupa demasiado. La mayoría de estas pequeñas locuras son inofensivas, y cualquier empeño que no termine con un monstruo devorando a nuestra gata es un punto a mi favor.

—Necesito convertirme en un técnico de audio competente para mañana —respondo, dándole un beso a modo de saludo en la parte superior de su cabeza mientras paso a su lado y me dirijo a mi habitación, donde acamparé por el resto de la noche para mi viaje de exploración—. Le estoy ayudando a un amigo.

—¡Oh, qué divertido! —murmura ella, imperturbable—. Intenta no provocar una sobrecarga de energía esta vez, cariño.

Me encantaría protestar por ello, pero ya ha ocurrido en más de una ocasión, y definitivamente volverá a ocurrir.

—No prometo nada —contesto.

Mamá suspira, pero de buena gana.

—Bueno, al menos, no te electrocutes —corrige.

Tengo mucha suerte de que le parezcan bien mis interminables payasadas, pero nunca lo diría en voz alta.

—Lo intentaré, mamá, ¡gracias! —digo en lugar de eso.

Me meto en mi habitación. Creo que el mensaje es claro, como sea.

CAPÍTULO TRES

MIÉRCOLES 4 DE SEPTIEMBRE DE 1985

Lucas cierra su casillero y se marcha como si no acabara de lanzarme una bomba a las ocho de la maldita mañana.

—¿Estás bromeando conmigo ahora? —pregunto, acosándolo de inmediato—. ¿En verdad vas a unirte al *equipo de basquetbol*?

No quiero ser dramático, pero esta traición está a la altura de Saruman uniendo fuerzas con Sauron, o de Lando Calrissian entregando a los rebeldes al Imperio.

—Sí, o sea, al menos voy a intentarlo —responde Lucas, zigzagueando entre la multitud de merodeadores tempraneros antes del primer timbre. Es difícil seguirle el ritmo, pero me niego a permitirle que me evada.

—No te he visto jugar basquetbol en toda mi vida —le digo—. Creo que ni siquiera te he visto *cerca de* una pelota de basquetbol. Y no cuenta que me hayan golpeado en la cara con una pelota.

Lucas se encoge de hombros y mantiene la vista al frente, negándose a mirarme.

—Y ésa es la razón por la que estaré practicando con mi amigo del equipo antes de las pruebas en diciembre.

Lo agarro del brazo para detener su huida, y lo obligo a verme a la cara, a enfrentar su propia traición. El pasillo bulle a nuestro alrededor, pero no me importa.

—¡Esos tipos son unos cretinos, Lucas! ¿En verdad quieres pasar el tiempo con ellos? —pregunto—. ¿O ya se te olvidó que son *ellos* los que están haciendo de nuestras vidas un *infierno*?

Lucas suelta su brazo, pero al menos deja de huir. Arquea las cejas con desesperación, como si quisiera que yo entendiera lo que está diciendo, pero bien podría estar hablando en klingon, por todo el sinsentido que tiene para mí.

—¡Justo eso es lo que estoy *diciendo*! Si hago esto… quizá nuestras vidas no *tengan* que ser un infierno —dice—. Hay gente en el equipo que *es como yo,* y en realidad son *geniales.*

—¡La *ciencia* es genial! —exploto—. ¡Calabozos y Dragones es genial! ¡Los X-Men son geniales! Pero *¿el basquetbol*? Es… un ritual sin sentido que glorifica arcaicos ideales de masculinidad.

Lucas cruza los brazos sobre su pecho.

—Bueno, eso es lo que quiero hacer. Si no puedes hacer las paces con eso, entonces… no lo sé.

Yo tampoco lo sé. ¿Qué más puedo decir? A pesar de toda la rabia y la indignación, lo que más me hace sentir es impotencia.

—¿Mike sabe de todo esto? ¿O Max? —pregunto finalmente.

—Sí —suspira Lucas, abatido—. Están tan *emocionados* como tú.

Frunzo el ceño, *pero* al menos *ellos* ven lo ridículo que es esto.

—¿Y qué hay de…? ¿Aun así vas a entrar a Fuego Infernal?

—Sí —afirma Lucas—. Sí. Quiero hacer las *dos* cosas.

El timbre suena, un aviso de que la clase empezará en cinco minutos. Lucas se ajusta las correas de la mochila sobre los hombros con cara de que su personaje acaba de quedar inutilizado en plena exploración de un calabozo.

—Bueno, volveremos a sentarnos con Fuego Infernal en el almuerzo —digo, dándome la vuelta para irme—. Por si no estás demasiado ocupado con tus nuevos amigos para unirte a nosotros.

Lo dejo parado en medio del pasillo mientras los estudiantes corren en todas direcciones hacia las clases. Pero, de algún modo, siento que soy yo quien se queda atrás.

▶

Al terminar la jornada escolar, Eddie y yo nos encontramos en la sala de audiovisuales que el Club Fuego Infernal utiliza para sus reuniones. Eddie entra corriendo con lo que supongo que es el amplificador roto en una mano y una guitarra eléctrica colgada del hombro. Yo ya he sacado mi amplia colección de herramientas de la mochila para crear una estación de trabajo temporal sobre la mesa.

—Hey, gracias otra vez por echarle un vistazo, amigo —dice Eddie, dejando el amplificador sobre la mesa frente a mí y ajustándose la guitarra al hombro—. Sé que probablemente debería llevarlo a un técnico de verdad, pero, ya sabes, el dinero escasea…

—¿Y mis servicios son gratuitos? Ya veo de lo que se trata… —me burlo. Pongo las manos sobre la mesa—. Ahora, ¿cuál es exactamente el problema?

Eddie sacude la cabeza y levanta las manos, frustrado.

—Ni idea, hombre. El otro día tan sólo se rindió y se quedó en silencio y distorsionado, y ha estado así desde entonces.

—Entonces, ¿todavía enciende y emite sonido? —pregunto. Me esfuerzo por sonar como si supiera lo que estoy haciendo, aunque me crispa los nervios la idea de que tal vez no esté hecho para esto.

—¿Sí? Pero no como debería, supongo —da unos golpecitos a la guitarra—. Traje mi orgullo y alegría aquí también, por si necesitabas escuchar lo que ha estado haciendo.

Me habría dado cuenta de que la guitarra es su orgullo y alegría sin que él lo dijera, por la forma en que casi la acaricia mientras la gira para sostenerla de la manera correcta, mostrándola. No sé lo suficiente sobre guitarras como para comprender qué la hace especial, pero sí sé que hace que Eddie se vea *impresionante*.

—Primero echaré un vistazo al interior —le explico, buscando imperfecciones en el amplificador. Por fuera parece estar bien, tiene algunos rasguños que parecen solamente cosméticos—. Pero después, será bueno que toques y lo probemos.

—Lo que tú digas —dice Eddie—. Sólo trata de no electrocutarte, ¿de acuerdo? No necesito cargar eso en mi conciencia.

Me toma unos minutos abrirlo y, luego, unos minutos más familiarizarme con el interior. Intento recordar los términos que aprendí anoche tras estudiar compulsivamente docenas de diagramas de los objetos que tengo ahora frente a mí. Entrada. Reverberación. Armazón. Condensadores, resistencias, transistores.

Pero el problema es obvio. Uno de los condensadores está quemado y fundido, y tiene fugas de una secreción negra y viscosa. No hace falta ser un genio de la ciencia para darse cuenta de que *eso* necesita ser reemplazado.

Mis nervios se calman al darme cuenta de que puede que haya absorbido los suficientes conocimientos como para conseguirlo.

—¿Cómo aprendiste a hacer todo? —me pregunta Eddie.

Se acerca a mí, coloca su guitarra con cuidado y deja que su largo mástil descanse sobre el borde de la mesa.

Me rehúso a admitir que todos mis conocimientos específicos sobre amplificadores son el resultado de haberme quemado las pestañas anoche sólo para impresionar a Eddie. Pero la respuesta que doy es igual de cierta...

—Siempre se me ha dado bien desarmar cosas, averiguar cómo funcionan y volver a armarlas —respondo—. Cuando tenía ocho años, mis padres llegaron a casa y me encontraron con nuestra radio hecha pedazos y esparcida por toda la sala. Mi padre estaba *furioso*, porque era nueva y estoy seguro de que no había sido barata, pero le prometí que la volvería a armar. Me llevó tres días, pero conseguí que volviera a funcionar a tiempo para que escuchara su partido de futbol del domingo por la noche.

Mientras tanto, retiré el tapón roto y lo limpié lo mejor que pude, aunque podría hacerlo mejor si tuviera más materiales a mi disposición.

—Maldita sea, Henderson —dice Eddie—. Mi padre me habría dado una paliza.

—Oh, él quería hacerlo —le aseguro—. Pero ¿mamá? Me echó un vistazo y me apuntó en el campamento de ciencias.

También se divorció de mi padre unos meses después y, al poco tiempo, nos mudamos de nuevo a Hawkins, donde ambos habían crecido, pero ésa es otra historia.

Eddie deja escapar un silbido bajo, impresionado.

—Mis felicitaciones para la señora Henderson, supongo.

—Sé que no es *cool* admitirlo —menciono, distraído, con la atención dividida por la tarea que tengo entre manos—, pero ella es impresionante.

Eddie asiente y se queda callado, mirándome trabajar.

Por suerte, gastarme la mesada en RadioShack ha valido la pena, porque tengo la pieza que hay que sustituir y la instalo fácilmente. El multímetro que compré el otro día es perfecto para solucionar el resto de los problemas, y así me aseguro de que el condensador roto no sea el único desperfecto. Jugueteo un poco, añadiendo y quitando la realimentación, y por último añado otro condensador, antes de decidir que todo está bien. Tal vez incluso mejor de lo que había estado antes, pero no quiero ser presumido.

Lo cierro con cuidado, satisfecho, y le presento el amplificador a Eddie moviendo los dedos con entusiasmo.

—*Voilà* —digo—. Ahora, pruébalo.

Eddie se levanta de un salto, toma su guitarra, enchufa primero el amplificador a la toma de corriente y luego la guitarra al amplificador.

—¿Qué debería tocar? —pregunta Eddie, colocando los dedos sobre las cuerdas—. ¿Alguna petición?

—Eh… —digo, buscando una canción que me haga parecer genial e interesante, y no un completo tonto. Pero no soy tan aficionado a la música como Will, o incluso Max, por no hablar de alguien como *Eddie*.

—Vamos, ¿qué te gusta escuchar? —me presiona Eddie—. *Además de* Weird Al.

Me encojo de hombros, en un gesto evasivo.

—Muchas cosas, supongo.

—¿Como qué?

Parece que no acepta un *No sé* como respuesta. También tengo la sensación de que no aprobaría *La historia interminable.*

—Eh… ¿me gustan los Talking Heads? —respondo, como si fuera una pregunta en realidad—. ¿Doors?

—De acuerdo, claro que sí. Por algo se empieza. ¿Escuchas algo de metal? —me pregunta.

Me encojo de hombros tímidamente.

—La verdad es que no —respondo—. Mamá siempre ha sido más del tipo de Hall and Oates y los Beatles.

—Pero ¿qué hay de *ti*? —inquiere Eddie—. ¿Metallica? ¿Black Sabbath? ¿Motörhead? —se exaspera cada vez más ante mis continuas miradas inexpresivas—. ¿Judas Priest? ¿Iron Maiden? ¿Alice Cooper?

—Quiero decir, los conozco a todos… ¿vagamente…?

—Éste no es el tipo de música que puedes conocer *vagamente,* como si la escucharas en un supermercado —rebate Eddie, con un dramático estremecimiento, como si incluso la mera idea le resultara ofensiva—. Es el tipo de música en la que tienes que meterte de cuerpo entero. Si no te has involucrado de lleno, agitando la cabeza, saltando alrededor de tu habitación (o, todavía mejor, en un *mosh pit*), entonces, *no* cuenta.

Me froto la nuca, avergonzado, seguro de que debe pensar que soy ridículamente patético.

—No puedo decir que haya hecho nada de eso —admito.

—Lo arreglaremos —afirma Eddie con tono solemne, con la mano sobre el corazón, con la seriedad de quien hace una promesa a una persona en su lecho de muerte.

—Hablando de arreglar cosas —lo apresuro, señalando el amplificador—. Toca algo, ya.

—Sí, sí —dice Eddie—. Veamos, apuesto a que conoces ésta, por lo menos.

Lentamente, empieza a tocar un fraseo familiar. Estalla a través del amplificador con una claridad perfecta, y sonrío, orgulloso, tanto porque mis reparaciones han funcionado como porque reconozco la canción.

—¿"Crazy Train"? —adivino.

—Ozzy *maldito* Osbourne, amigo —confirma Eddie, agradecido, y vuelve a tocar la guitarra a toda velocidad, con los dedos volando sobre las cuerdas.

El sonido llena la habitación y probablemente se extiende también por el pasillo. Pero Eddie no parece darse cuenta, o no le importa, así que yo intento no prestar atención a eso tampoco. Cuando Eddie empieza a mover la cabeza al ritmo de la canción, yo también lo hago y se me dibuja una sonrisa en la cara al perderme en la música.

Acabo sacudiendo la cabeza tan fuerte que se me cae la gorra y los dos nos reímos. Eddie se detiene y deja su guitarra a un lado con cautela mientras yo recojo la gorra del suelo.

—Amigo, eso suena muy bien —dice Eddie—. Mejor que cuando lo compré, tal vez. ¿Qué demonios hiciste?

—Me encantaría decir que nunca revelo mis secretos —le respondo—, pero sólo añadí algo de retroalimentación negativa. Nada especial.

—A mí me suena a magia negra —asevera Eddie—. Apuesto a que podrías crear algo realmente genial, si te lo propusieras.

Me encojo de hombros.

—Sí, o sea… —me interrumpo, sobre todo porque hay docenas de maneras de hacerlo, docenas de cosas que cambiar y con las que jugar, o cosas que integrar, como un sampler o la capacidad de reproducción y…—. Ya sabes, parece una buena idea para un proyecto de ciencias.

—Ah, ¿sí? ¿Estás en esa feria de ciencias en Indianápolis?

Aprieto los labios para no fruncir el ceño. Me encojo de hombros sin entusiasmo.

—No lo sé, mis amigos no quisieron participar —le confío. Empiezo a limpiar el espacio de trabajo y a recoger mis cosas, deseando descartar la idea y dejarla en el olvido. Pero mi mente da vueltas a las posibilidades. ¿Y si el amplificador pudiera grabar o reproducir? ¿Y si yo lo optimizara todo, mejorando los componentes, haciendo pruebas para medir los cambios en la distorsión y la relación señal/ruido y…?

—¿*Necesitas* tener un equipo? —pregunta Eddie.

—¿No es obligatorio? —respondo, y mi corazón se acelera ante la idea. No puedo hacerlo solo, *en verdad*, ¿o sí?—. Aunque sólo lo he hecho en equipo, y es un montón de trabajo.

Pero no es eso. También es que siempre fue cosa de la *Hermandad*, algo que hacíamos *juntos*. Y temo que no será lo mismo si lo hago solo.

—Parece que ahora es tu oportunidad de intentar volar solo —Eddie chasquea los dedos como si de pronto hubiera entendido algo—. ¡Es como Ozzy! Se fue por su cuenta después de haber estado con Black Sabbath durante años, ¿cierto? Se tomó un descanso para hacer *Blizzard of Ozz* por su cuenta, y luego volvió a Black Sabbath. O sea, terminó expulsado de la banda como… *¿un año* después? —agita la mano como si ahuyentara el pensamiento—. Pero ésa no es la cuestión aquí. La cuestión es: ¿quién sabe si "Crazy Train" existiría si Ozzy hubiera tenido demasiado miedo de hacer lo suyo?

Y tal vez Eddie tenga razón. ¿Y si tengo el "Crazy Train" de los experimentos científicos en mi cerebro, pero dejo que el miedo me impida hacerlo realidad? ¿Y si no se trata de abandonar a la Hermandad, sino tan sólo de... tomar un desvío?

—Entonces, ¿es como... una cruzada paralela? —pregunto.

Eso hace que sea menos aterrador... como si fuera algo de lo que puedo encargarme solo, pero sin tener que abandonar la Hermandad.

—¡Exacto! —responde Eddie—. Los grupos de aventureros son importantes, pero algunas aventuras deben realizarse en solitario. Eso no significa que no merezca la pena hacerlo... tan sólo significa que obtienes todos los puntos de experiencia para ti.

Y, bueno, *he* querido probar algo nuevo, como dijo Robin. Algo que me asuste.

Miro hacia Eddie, que sonríe como si supiera que ya me atrapó.

—Así que la verdadera pregunta es —dice Eddie—: ¿vas a aceptar esta cruzada?

▶

—Suzie, ¿me copias? Soy Dustin.

—*Te copio, Pastelito. Hoy llegaste temprano* —ríe complacida.

El sonido crepita a través de la radio y me envuelve como una manta cálida. Me hundo en la silla, incapaz de contener una sonrisa. Suzie es la mejor novia del mundo, y posiblemente de toda la historia de las novias de la humanidad. Siempre espero con impaciencia nuestras citas radiofónicas que hemos programado dos veces por semana. Tiene razón en que hoy la estoy llamando unos minutos antes de nuestra hora habitual.

—No interrumpo nada, ¿o sí? —pregunto.

—*¡Para nada! Estaba practicando con el clarinete, pero estaba a punto de llamarte.*

—Bien, no podía esperar para decirte esto... —expreso, hinchando el pecho, aunque ella no pueda verme—. He aceptado una noble misión y me aventuraré en aras del conocimiento y en nombre de la curiosidad.

—*Qué heroico* —me elogia Suzie—. *¿Cuál es la misión? ¿O es clasificada?*

Le cuento a Suzie absolutamente todo, pero para su propia protección, hay cosas que no sabe. Sobre todo, las que tienen que ver con malignas dimensiones alternas y sus monstruos asociados. Así que, en este punto, ella sabe que cuando empiezo a ser dramático hay una posibilidad de que sea algo que realmente no puedo compartir. Ésa es la palabra mágica, *clasificado*. Si digo eso, ella sabe que significa que no debe entrometerse, que *en verdad* no puedo decirle nada. Por mucho que quiera hacerlo. Quizás algún día pueda desclasificar todo eso. Pero por ahora...

—Voy a ir a la feria de ciencias —me apresuro a decir, incapaz de contener mi entusiasmo—. Una grande, en Indianápolis. A la que te conté que Mike y Lucas no querían ir.

—*¡Lo recuerdo! ¿Cambiaron de opinión?*

—¡No, pero yo sí! Decidí que no importa si ellos no quieren hacerlo —digo—. ¡No los necesito! Voy a hacerlo todo yo solo.

—*¡Santo cielo, Pastelito, eso suena increíble!* —puedo oír su sonrisa a miles de kilómetros de distancia.

—Voy a hacer un *superamplificador*, pero con funciones de grabación y reproducción para que pueda usarse para hacer y reproducir música a la vez —digo, entusiasmado—. Va a ser increíble. Eddie ha sido toda una inspiración.

—*¿Eddie es el del club de Calabozos y Dragones?*

—Él lo *fundó* —corrijo—. Y yo arreglé su amplificador y su Walkman, así que básicamente estamos unidos de por vida.

—*Vaya, Dusty, me alegro de que estés haciendo amigos* —expresa Suzie—. *Suenas emocionado.*

—Lo estoy —me doy cuenta al decirlo. Aunque no le he *dicho* a Suzie que Lucas nos dejó plantados en el almuerzo y que quiere unirse al equipo de basquetbol; no me siento tan desesperado como cuando me enteré. Tal vez Lucas esté en su propia cruzada paralela. Tal vez no tenga que ser el fin del mundo.

Se lo contaré todo a Suzie, estoy seguro, y ella me pondrá al tanto de los últimos acontecimientos en su caótica familia. Pero primero, y más importante:

—Te extraño, Pastelito —le digo.

—*Yo te extraño más* —responde ella de inmediato.

Apoyo la barbilla en la mano y suspiro, y nunca admitiré lo cerca que estoy de suspirar. Pero mis charlas con Suzie son mis momentos favoritos de la semana, todas las semanas.

—No es posible —le refuto—. Te extraño infinitamente, y nada es más grande que el infinito.

—*Excepto, quizá, todas las estrellas de todos los universos* —afirma ella—. *Pero, Pastelito, dime* por favor *que ya terminaste de leer la siguiente sección de* El juego de Ender.

Hemos creado nuestro propio club de lectura: leemos algunos capítulos cada vez y luego nos reunimos para hablar de ellos.

—Obviamente —contesto—. Y, Dios, tenemos *tanto* que discutir.

CAPÍTULO CUATRO

VIERNES 6 DE SEPTIEMBRE DE 1985

Estoy tan entusiasmado con mi proyecto y sus infinitas posibilidades que, de alguna manera, eso se apodera de mi cerebro. Investigo cuando se supone que debería estar prestando atención en clase, escondo libros sobre circuitos entre mis libros de texto y garabateo diagramas en los márgenes de mis cuadernos. Me paso horas en mi habitación jugando con una grabadora de voz, un amplificador y un mezclador… todo comprado por mamá —siempre una mecenas de la ciencia— para el proyecto. Estoy tratando de unirlos para crear algo nuevo. Cuando intento dormir por la noche, termino por imaginar el cartel y la presentación que haré en la feria.

Como ahora. Estoy garabateando un primer borrador de la introducción para mi proyecto —pruebo con un juego de palabras alrededor de *ampliar*, pero no lo he resuelto todavía—, mientras espero a los demás en la sala de audiovisuales para la primera reunión del Club Fuego Infernal.

Estoy especialmente ansioso por que aparezca Lucas. Apenas lo vi ayer u hoy, ya que volvió a dejarnos por el equipo de basquetbol, pero quiero contarle lo del proyecto de ciencias. Quiero contarle cómo lo estoy haciendo por mi cuenta, cómo *ambos* vamos por nuestras propias cruzadas paralelas y cómo eso no tiene por qué ser algo malo.

Eddie es el primero en llegar.

—¿Trabajando duro otra vez, Henderson? —me pregunta.

Me da unas palmaditas en la cabeza con un gesto que es a la vez afectuoso y condescendiente, mientras se adelanta para dejar su gráfica de Calabozos y Dragones y su carpeta en la cabecera de la mesa.

—Los descubrimientos científicos no esperan a nadie —respondo, pero lo tomo como una señal para empezar a guardar mi trabajo y sacar también la hoja de mi personaje y mis notas.

Eddie revuelve los armarios para sacar el tablero del juego y las figuras, y trabajamos en cordial silencio preparando la mesa.

—Hey, hombre, mira —empieza Eddie, y yo de inmediato ya estoy recorriendo un millón de terribles posibilidades antes de que pueda decir nada más. *Ha sido una buena travesía, pero, en realidad, tú y tu personaje apestan y el Club Fuego Infernal preferiría que te salieras silenciosamente.*

Espero a que continúe e intento no parecer demasiado asustado.

—Quería darte las gracias por arreglar toda la mierda antes —dice. Da golpecitos en los bolsillos de su chamarra y los jeans antes de buscar en su mochila—. Y pensé que es una excusa tan buena como cualquier otra para presentarte lo mejor que la música puede ofrecer.

Por fin, saca un casete y extiende la mano en señal de ofrecimiento.

—E-espera, ¿qué? —tartamudeo, desinflándome de alivio e hinchándome de emoción con la misma rapidez. ¿A quién no le gustan los regalos? Aun así, mamá me inculcó buenos modales, así que añado—: No tenías por qué molestarte.

Pero tomo el casete entre mis manos con suavidad, como si fuera el más raro de los cómics de primera edición, todavía en su funda original.

—Por favor, es por mi propia tranquilidad, más que nada —expresa Eddie, deliberadamente frívolo y despreocupado—. No podría dormir por la noche sabiendo que nunca has escuchado verdadero metal. Esa cinta contiene *todo,* ¿de acuerdo? Los dioses del metal. Algunos éxitos, algunas joyas ocultas. No podría desearle una mejor educación musical a mi propio hijo.

Analizo el casete, observo todos sus detalles. Es sencillo, sin ninguna decoración, pero hay una nota escrita con marcador indeleble, la letra es irregular e inclinada:

Porque el hombre no puede
vivir sólo de Weird Al.
-Eddie

Una sensación de calidez me invade y me siento tan ligero que una ráfaga de viento o una exhalación podrían hacerme volar por los aires. Dios sabe que estaría perdido en la preparatoria sin Eddie y el Club Fuego Infernal, y esto parece confirmarlo.

Tal vez sea un perdedor, pero no estoy solo.

Y eso sin mencionar que Eddie es la persona más genial que conozco, y recibir cualquier tipo de educación musical de él es como estudiar con un maestro Jedi o algo así.

—Lo estudiaré hasta que lo conozca mejor que la tabla periódica —juro—. Gracias, en verdad.

Eddie mueve una mano de manera desdeñosa.

—Nada de eso —dice con gesto contraído, como si el agradecimiento lo ofendiera, o simplemente lo hiciera sentir incómodo—. Agradécemelo escuchándolo *apropiadamente,* ¿de acuerdo? Recuerda, si no sacudes la cabeza, no cuenta.

No puedo evitar reírme un poco, aunque sé que Eddie habla muy en serio.

—Entendido —le aseguro.

Guardo el casete en mi mochila para más tarde, justo cuando Mike entra junto con Gareth, Jeff y Doug, todos gritándose unos a otros sobre sus personajes y entusiasmados con la campaña.

Miro la puerta, esperando a que aparezca Lucas. Sé que ha estado distante y que ha tenido otras prioridades, pero sigue siendo uno de mis mejores amigos, y me prometió que asistiría *tanto* al Club Fuego Infernal *como* al basquetbol.

Pero el reloj hace tic, tac, tic, tac, más allá de la hora a la que se supone que debemos empezar, y entonces Eddie arranca con las presentaciones de los jugadores y de nuestros personajes, y ya estamos empezando con la historia y…

Y no creo que Lucas venga.

Me trago mi decepción, recordándome que está ocupado, que está probando cosas nuevas, que está en su propia cruzada paralela, y que todo eso está bien. No es el fin del mundo. Que falte a una reunión del club —aunque sea la primera y quizá la más importante— no tiene por qué significar nada.

Intento sacudirme la preocupación para poder centrarme en la campaña. Me cuesta un poco, pero lo consigo y me pierdo en el mejor juego de todos los tiempos.

▶

Me siento ligero y lleno de emoción por la sesión, y el entusiasmo me lleva hasta Family Video para contárselo todo a Steve. Él está guardando las devoluciones en los estantes, y Robin está doblando un trozo de papel en forma de balón de futbol en el mostrador y utilizando una liga para apuntar justo a la cabeza de Steve.

—...Totalmente inmersivo con música y todo, Eddie es como... el Amo del Calabozo más genial que haya tenido nunca —estoy comentándole.

—Espera —dice Steve, después de dejarme parlotear un rato sin interrumpirme, antes de preguntar—. ¿Estás hablando de Eddie Munson? ¿Eddie "el Friki" Munson?

Enarco las cejas y me invade una ira defensiva.

—Vamos, amigo, ¿apodos ofensivos? —replico, sin impresionarme—. ¿Qué eres, un niño de segundo grado? ¿O tan sólo un neandertal genérico?

El balón de futbol de papel de Robin se lanza hacia Steve y, tristemente, cae al suelo unos centímetros antes. Robin suspira, recoge el papel y vuelve a apuntar.

Steve pone los ojos en blanco, quizás hacia Robin, pero posiblemente hacia mí. Más bien a los dos.

—No quiero ofender a nadie al decir eso. ¡Así es como le dice todo el mundo!

—¡Eso no es una excusa! —exclamo.

—Sí, pero, o sea, vamos —dice Steve—. Si el zapato friki te queda...

Robin hace una mueca ante su balón de futbol de papel mientras intenta darle una forma más aerodinámica.

—¿Qué pasó con eso de mantener la mente abierta y probar cosas nuevas? —pregunta ella—. ¿No es esto exactamente lo que le dijimos que hiciera?

—¡Sí, Robin, exactamente! —coincido—. ¡Gracias!

Robin vuelve a apuntar a Steve con su liga.

—¿Puedes dejar de hacer eso, por favor? —pregunta Steve.

—Nop —contesta Robin, y lanza el balón de futbol de papel. Aterriza a los pies de Steve—. Rayos.

—Mira, creo que tu pequeña cosa friki de la feria de ciencias es impresionante, en serio —asegura Steve, como si el asalto de Robin con papel no fuera más que una mosca fastidiosa, una molestia menor—. Pero ¿cuánto sabes en realidad sobre ese Eddie?

Sé que Steve sólo está siendo protector, abrazando por completo ese rol de niñero que ha adoptado, pero me frustra que no vea lo inspirador que es Eddie para mí y para los otros nerds y frikis de Hawkins.

—¡Sé lo suficiente! —protesto—. Sé que es una de las únicas personas en toda la preparatoria que se preocupa por mí, por Mike y por los demás chicos de Fuego Infernal. A él no le importa acoplarse a los demás o la popularidad, ni nada de esa basura. Es increíble.

Eddie es todo lo que yo quiero ser. Es todo lo que yo he estado tratando de ser, pero nunca tuve un buen ejemplo para seguir. Ahora lo tengo.

Steve no parece entenderlo, y mantiene una expresión seria mientras desliza una copia de *Footloose* en su sitio.

—Sólo digo que Eddie tiene mala reputación —afirma—. Y salir con él podría ponerte una diana en la espalda, ¿sabes? Sólo ten cuidado, es todo lo que quiero decir.

—No lo sé, Steve, pero suena como si estuvieras celoso —lo confronta Robin, recogiendo el balón de futbol de papel del suelo.

Steve se detiene en seco para lanzarle una mirada fulminante.

—Oh, vamos —dice—. ¿Celoso? ¿De Eddie Munson? Sí, claro.

Robin empieza a apuntar de nuevo y yo no puedo evitar intervenir.

—Tienes que estirar más la liga —sugiero—. Así consigues más altura en el lanzamiento.

—Buena idea, pequeño genio —me elogia Robin, y ajusta el lanzamiento estirando la liga hacia abajo. Cuando la suelta, el balón de futbol de papel choca directamente contra el pecho de Steve—. ¡Ja! ¡Bien!

—Simple física —le digo mientras levanta la mano para chocarla y yo acepto ansioso.

Steve toma el balón de futbol de papel antes de que Robin pueda reclamarlo, y Robin y yo lo abucheamos por arruinarnos la diversión.

—Mira, haz lo que quieras —afirma Steve, levantando las manos como si se estuviera rindiendo—. Sólo intento dar un consejo, ¿de acuerdo? Tómalo o déjalo.

Lanza el balón de papel de Robin a la basura.

—Bueno, lo dejo, gracias —digo, y empiezo a recoger mis cosas.

Porque el casete de Eddie está haciendo un agujero en mi mochila. No puedo esperar a llegar a casa y escucharlo.

▶

Esa noche paso junto a los montones de libros sobre equipos de ingeniería de audio que hay en mi escritorio para introducir el casete de Eddie en mi estéreo, cierro la casetera con un satisfactorio *clic* y presiono el botón de reproducción.

Empieza la música. Es vibrante y llena de energía, la guitarra eléctrica retumba en mis huesos, la batería golpea como un mazo y todo se funde antes de que empiece la voz.

Me acerco torpemente al estéreo mientras escucho, asintiendo con la cabeza al ritmo de la música. Puedo apreciar que es buena música interpretada por expertos, pero soy muy consciente de que no estoy escuchando "de la manera apropiada", como Eddie tal vez diría.

No puedo evitarlo. No sé cómo dejarme llevar así. Nunca me ha gustado mucho bailar, y me sentiría estúpido estar a solas en mi habitación sacudiendo la cabeza.

Pero entonces tengo la sensación de que Eddie me diría que esta música tiene que sonar fuerte, así que subo el volumen del equipo de música y retrocedo.

La gente baila todo el tiempo, así que no sé por qué actúo como si fuera la gran cosa. La única vez que he bailado en verdad fue aquella vez en el Baile de Invierno con Nancy, después de que las chicas de mi grado me rechazaran una y otra vez. Estaba nervioso en ese entonces… pero esto debería ser más fácil. Estoy solo, sin espectadores que me juzguen. Pero, como dijo Nancy en ese entonces, sólo tengo que sentir la música, sentir el ritmo y empezar a moverme con él.

La música retumba a mi alrededor, y es nueva pero también familiar a su extraña y particular manera. Por ejemplo, la batería me recuerda a aquella vez que el grupo asaltó una fortaleza orca y los guardias corrieron hacia los tambores de guerra para hacer sonar las alarmas. Las guitarras son tan eléctricas como el rayo de luz de Will el Sabio. Las voces son el acompañamiento perfecto para una batalla épica, con las espadas surcando el aire y los gritos de guerra resonando a mi alrededor.

Esa sensación es la que hace que finalmente empiece a moverme.

Tentativamente, doy golpecitos con el pie al ritmo de la guitarra eléctrica. Luego, me balanceo un poco, asiento con la cabeza un poco, y…

Y entiendo lo que Eddie quiso decir sobre escuchar con tu *cuerpo*, porque la música se siente y suena diferente cuando muevo la cabeza a su ritmo. Mis movimientos espasmódicos se vuelven un poco más seguros y me dejo llevar.

¡Y mira eso! ¡Estoy sacudiendo la cabeza!

La música está lo bastante alta como para hacer temblar las paredes, pero es estimulante, así que subo aún más el volumen y continúo. Sacudo las extremidades, intentando sentir la música y sacudirme las inseguridades a la vez. Las preocupaciones sobre Lucas, Mike, la preparatoria y todo lo demás se desvanecen de mi mente.

Al poco rato, estoy saltando alrededor, estoy incluso tocando una guitarra imaginaria cuando suena un solo de guitarra, imitando la postura y los movimientos de Eddie en su actuación en el comedor, y…

—¿Dusty?

Abro los ojos, inconsciente hasta ese momento de que los había cerrado, y descubro que mamá está en el umbral de mi puerta con los ojos y la boca formando una O perfectamente redonda. Nunca entra sin llamar antes, pero la música debe haber estado tan alta que no pude oírla. Creo que quizá presenció un minuto entero de mi actuación antes de que me diera cuenta de que me estaba observando, y la cara se me pone tan caliente que estoy seguro de que parezco un tomate.

Tímidamente, bajo el volumen de la música.

—Hola —digo.

Le dirijo a mamá una sonrisa que espero que sea encantadora y no enloquecida, pero estoy jadeando un poco por el esfuerzo, así que no estoy seguro de haberlo conseguido.

—¿Qué estás haciendo, Dusty? —pregunta, insegura.

Su expresión —parpadea rápidamente, abre y cierra la boca como un pez, mira a un lado y a otro, como si no estuviera segura de poder verme directamente, hasta que se transforma en una sonrisa forzada que aun así parece comprensiva— es tan perfecta que no puedo evitar reírme. Porque… ¿por dónde podría empezar siquiera a tratar de explicar todo esto?

Me encojo de hombros y vuelvo a subir el volumen de la música, de modo que tengo que gritar por encima de ella para que me oiga.

—¡Estoy probando cosas nuevas! —exclamo.

SEGUNDA PARTE

S
T
NERDS + FREAKS

CAPÍTULO CINCO

SÁBADO 28 DE SEPTIEMBRE DE 1985

—Mierda.

Es la única reacción que me queda antes de que la corriente se corte con un chasquido, seguido del suspiro de las luces apagándose. Mi habitación se queda a oscuras, salvo por la pizca de luz de la tarde que entra por la ventana.

—¿Dusty? —me llama mamá. Su voz se oye a lo lejos.

—*Mierda* —siseo de nuevo, por si acaso.

Me apresuro a desenchufar el amplificador —he decidido llamarlo la Caja del Bardo, con base en mi personaje de Calabozos y Dragones, porque la idea es que tenga las habilidades de una banda completa de músicos en una sola caja—, y lo dejo sobre mi escritorio mientras abro de golpe la puerta de mi recámara. Las luces del pasillo también están apagadas, lo que significa que no sólo he fundido un fusible, sino también la electricidad de toda la maldita casa.

Otra vez.

Bajo corriendo las escaleras y encuentro a mamá sentada en el sofá con Tews en el regazo y el teléfono en la mano, presionando el teclado en vano.

—Lo siento, mamá —digo con una mueca.

—Estaba hablando por teléfono con la tía Kathy sobre nuestro fin de semana de hermanas —suspira, cuelga el auricular y se vuelve hacia mí—. ¿Estás bien? ¿No te habrás vuelto a electrocutar?

Sí, me electrocuté accidentalmente *una vez,* la semana pasada, cuando olvidé descargar la placa del circuito antes de manipular la tapa del filtro, y estoy seguro de que ella nunca me dejará olvidarlo. Pero, vamos, sólo me chamusqué *un poco* el cabello.

—Estoy bien —le digo—. Tal vez he vuelto a freír la placa de circuitos, pero ¿qué hay de nuevo?

Mamá frunce el ceño y aprieta los labios, como si se estuviera tragando una docena de preocupaciones y preguntas en su intento por darme espacio para mi proceso. Entiendo la exasperación: mi proceso no suele requerir llamar a la compañía de luz dos veces en una semana, pero la ciencia siempre nos lleva a lugares interesantes e inesperados.

—Intentaré reiniciar el interruptor —añado, y me dirijo a tomar una linterna para aventurarme a bajar al sótano.

—¿Dusty? —me llama mamá.

Me vuelvo hacia ella con una mueca de dolor, esperando la reprimenda que estoy seguro es inevitable a estas alturas.

Suelta un suspiro.

—¿Quizá deberíamos invertir en un protector de sobrevoltaje? —sugiere, no sin malicia.

Me estremezco de alivio. En verdad, mamá es más paciente de lo que merezco, a veces.

—Es una muy buena idea, mamá —le digo.

CAPÍTULO SEIS

MARTES 8 DE OCTUBRE DE 1985

Llevo unos cuantos minutos divagando sobre circuitos cuando me doy cuenta de que Mike se ha quedado mirando el abismo de su casillero como si fuera un agujero negro, y probablemente no ha registrado ni una sola palabra que ha salido de mi boca.

—¿Hola? ¿Tierra llamando a Mike? —agito la mano delante de su cara y finalmente responde, echándose hacia atrás.

—Lo siento —dice.

Tenía la esperanza de poder seguir intercambiando ideas con Mike y Lucas, aunque ellos no participaran en la feria, pero, tal como están las cosas, resulta que no es una opción. Porque Mike siempre se desconecta si hablo durante más de quince segundos sobre mi proyecto, la Caja del Bardo. Y Lucas…

Miro por encima del hombro hacia un círculo de deportistas y animadoras que parlotea en el pasillo, donde Lucas está hablando con sus nuevos amigos. El grupo explota en una detestable carcajada al unísono, para colmo de males, como si tuvieran que recordarnos constantemente que ellos se la están pasando *mucho* mejor que nosotros, simples mortales.

Mike y yo llevamos varias semanas sin hablar con Lucas. No es que nos hayamos propuesto evitarlo ni nada parecido, es sólo que él sigue sentándose con el equipo de basquetbol en vez de estar con nosotros, y no se ha molestado en venir a las sesiones del Club Fuego Infernal, así que ya no intentamos invitarlo.

Apesta, pero parece que es lo que Lucas quiere. Lo que en verdad me deja a solas con Mike, que no ha demostrado ser una compañía deslumbrante últimamente.

—De acuerdo, ¿qué pasa contigo, amigo? —le pregunto—. ¿Soy *tan* aburrido?

—No, lo siento, yo sólo… —responde Mike—. Sólo estaba pensando, supongo.

No sobre mi proyecto de la feria de ciencias, claramente.

Mike toma un libro de texto de su casillero, lo cierra de golpe y suelta un montón de palabras que apenas puedo entender:

—¿Cómo llevan eso de la larga distancia Suzie y tú?

Mis cejas se levantan de golpe. Desde que demostré que ella sí existe y no es tan sólo un producto de mi imaginación, Mike no había estado interesado en nada que tuviera que ver con Suzie y conmigo, ni con nuestro épico romance shakesperiano.

Pero, pensándolo bien, no debería sorprenderme: los Byers volverán dentro de unas semanas por *un solo día* para empacar las cosas de su casa antes de marcharse de Hawkins para siempre. También ha estado rondando en mi mente, pero he tenido enfrente mi proyecto de la feria de ciencias, en el que he volcado toda mi energía. Lo único que Mike tiene es su Nintendo.

Inclino la cabeza hacia un lado, pensativo.

—No lo sé, en realidad, sólo *funcionamos,* ¿sabes? Quiero decir... ¿qué es lo que te preocupa exactamente? Creía que Ce y tú estaban bien.

—¡Estamos bien! —se apresura a responder Mike—. Quiero decir, no hay nada *malo.* Pero es distinto, obviamente, si pasamos de vernos todos los días a quizás unas pocas veces al año.

—Sí, quiero decir, se requiere un esfuerzo extra cuando no tienes la proximidad como factor —pienso en Suzie, y en nuestras pequeñas reglas y hábitos en nuestra relación—. Nosotros nos comunicamos, supongo, como si siempre *fuéramos honestos* el uno con el otro —le explico—. Y nos dedicamos tiempo el uno al otro. Tenemos momentos programados para hablar, y nunca fallamos en eso. Leemos y vemos las mismas cosas, así que siempre tenemos algo nuevo de qué hablar.

—Claro —contesta Mike, con la cara tensa, como si no se sintiera tranquilo.

—No tiene por qué ser el fin del mundo, Mike, en serio —añado.

—Lo sé —dice—. Lo sé, es sólo que... Entre ella y Will...

Se detiene y sacude la cabeza como si se hubiera alejado de sí mismo, y no puedo culparlo, porque ya no estoy seguro de saber de qué estamos hablando.

—¿Qué? —pregunto.

—Es como si siguiera *perdiéndolos* —admite Mike, las palabras salen de su boca como si hubieran estado esperando a ser liberadas.

Y me toma un minuto, pero entiendo lo que quiere decir.

Pensamos que Will estaba muerto, luego pensamos que Ce estaba muerta, y ahora que ambos están bien y las cosas finalmente se están calmando, se van de nuevo, para siempre.

Y tal vez los veamos en las vacaciones, pero las cosas no volverán a ser lo mismo.

—Pero en realidad no los estás perdiendo —le digo—. Ellos seguirán ahí. Puedes llamar y escribir cartas. California está lejos, pero al menos tiene mejor servicio telefónico que el Mundo del Revés.

—Sí —responde Mike, sin parecer convencido—. Sí.

Y lo entiendo, en verdad. Comprendo esa sensación de que todo se desmorona y está fuera de tu control. Supongo que me sorprende que haya tardado tanto en ponerse al día con el resto de nosotros.

Justo cuando nos alejamos de nuestros casilleros para dirigirnos a clase, el círculo de deportistas empieza a moverse también, y Mike choca directamente con uno de ellos, un chico de cabello rubio, Jason Carver, al que reconozco como uno de los capitanes del equipo.

Jason no duda en empujar a Mike hasta que éste se tambalea hacia atrás y cae al suelo. Sus libros vuelan por todas partes y el pasillo, repleto de gente, estalla en una risa burlona. Los estudiantes se dispersan lejos de Mike como si fueran imanes con polos iguales, repelidos por una fuerza inexplicable.

—Fíjate por dónde caminas, friki —dice Jason, y se da la vuelta para irse, guiando al resto de los cretinos basquetbolistas tras él.

El acoso no ha sido tan horrible como lo fue durante la primera semana de clases, la mayoría del tiempo, pero Mike y yo estamos usando nuestras camisetas del Club Fuego Infernal por primera vez esta semana, después de conseguirlas en la última reunión, y es claro ahora que eso nos ha puesto como blanco y que funciona como una gran señal que dice

¡FRIKI AQUÍ! ¡VEN A FASTIDIARME! ¡SOY UN BICHO RARO! Me niego a reconocer que tal vez Steve pudo haber tenido razón en esto, porque odio tanto que la tuviera.

Me apresuro a ayudar a Mike a recoger los libros esparcidos a su alrededor y le ofrezco una mano para que se ponga en pie. Observamos ansiosos a la manada de deportistas que pasa a nuestro lado, y es entonces cuando veo a Lucas entre la multitud, caminando apenas a unos pasos por detrás de Jason. Él nos mira por encima del hombro y frunce el ceño, como si lo lamentara, o quizás incluso se sintiera culpable. Pero eso no cambia el hecho de que no *hace* nada, no *dice* nada, sólo deja que suceda, y llama amigo al tipo que lo hizo.

La ira y la traición surgen en mí tan rápido que no puedo contenerme.

—¿En serio, Lucas? —pregunto—. ¿No tienes nada que decirnos?

Como si fuera en cámara lenta, la manada de deportistas se detiene y se gira lentamente para mirarnos. Mike me ve boquiabierto, como diciendo: *¿Qué demonios acabas de hacer*? Para ser sincero, siento algo parecido mientras trago saliva y me arrincono en los casilleros.

—¿Tienes algún problema? —ladra Jason, saliendo de su grupo y elevándose sobre mí.

Tengo tantas ganas de no dejarme intimidar, de mirarlo desafiante, de devolverle la mierda, como estoy seguro de que haría Eddie. Pero no lo hago. Meto la barbilla en actitud defensiva y miro a Jason de reojo, como una presa temerosa de mirar a su depredador a los ojos. Intento esbozar una sonrisa que seguramente termina por ser más bien una mueca.

—Nop —respondo, con voz chillona—. Yo estoy muy bien. ¿Y tú?

Es como si estuviera preguntándome como va mi día y no como si estuviera amenazándome con violencia.

Jason me fulmina con la mirada durante un largo instante y luego mueve la cabeza hacia Lucas, que sigue observando todo esto en silencio, en lugar de decirle a su supuesto amigo lo imbécil que es.

—¿Conoces a estos tipos, Sinclair? —pregunta Jason.

Lucas vacila, abre y cierra la boca varias veces antes de responder.

—Yo... o sea, sí. Algo así —responde por fin.

Algo así. Como si los años de amistad no significaran nada. Es un puñetazo en el estómago, un balonazo en la cabeza, un escupitajo en la cara, todo a la vez.

Jason se aleja de mí lentamente, sin dejar de mirarme, *retándome* a que intente algo, sólo para tener una excusa para responder. Me quedo inmóvil para no provocarlo más.

—Bueno, fíjense por dónde caminan —refunfuña Jason, mirándome a mí y a Mike antes de girar para reunirse con su grupo y dirigirlos a dondequiera que vayan.

Lucas los sigue, y Mike y yo observamos en silencio hasta que desaparecen de nuestra vista. Y a medida que Lucas desaparece, también lo hace cualquier esperanza de que esto sea sólo una cruzada paralela para él.

No. Esto es la guerra.

CAPÍTULO SIETE

VIERNES 11 DE OCTUBRE DE 1985

—Creo que Lucas se ha vuelto clínicamente loco, en serio —digo mientras irrumpo en Family Video.

Una mujer que está buscando en la sección de comedia se sobresalta con tanta fuerza que derriba una figura de cartón de *El planeta de los simios.*

—Oh, por Dios… —empieza Steve, saltando sobre el mostrador y corriendo hacia la mujer para asegurarse de que ella está bien y para arreglar la figura de cartón—. Lo siento mucho, señora.

Continúa disculpándose con ella e, inexplicablemente, con el simio de cartón, pero yo me dirijo al mostrador, dejo caer mi cabeza en él, frente a Robin y gimo.

—Todo es terrible —me lamento.

Robin me da unos golpecitos en la cabeza con inseguridad.

—Eh… tranquilo, tranquilo —me conforta.

—Dustin, seguro que el problema que tienes es muy importante —dice Steve al volver presumiblemente de disculparse con la mujer a la que asusté—. Pero ¿en verdad *tienes* que irrumpir aquí y causar una enorme… *gresca* cada vez que necesitas quejarte?

—No estoy provocando una gresca —refunfuño, todavía desplomado sobre el mostrador, sin ganas de volver a enfrentarme al mundo—. ¿Y desde cuándo usas la palabra *gresca*?

—Supongo que necesitaba una nueva palabra para describir la causa de las migrañas que me provocas —dice Steve.

—Ja, ja —gruño, sarcástico, y por fin levanto la cara para mirarlos.

Observo la tienda, que ahora está vacía. Al parecer, conseguí ahuyentar a su única cliente.

—Y ahora, ¿van a darme un consejo o van a seguir culpándome de sus problemas de salud? —les pregunto a ambos.

—¿Qué está pasando exactamente? —interviene Robin—. Ya me resulta difícil seguir el ritmo de las tribulaciones de la vida amorosa de *éste*... —señala a Steve con un pulgar—, por no hablar de todo el drama en el que tú estás envuelto.

Me acomodo detrás del mostrador y me dejo caer en el taburete que tienen allí.

—Lucas ya nos desechó por completo —digo.

Ellos saben que Lucas dejó el Club Fuego Infernal y que no se sienta con nosotros a la hora del almuerzo.

—Apenas hemos hablado desde hace semanas —continúo—, ¡y hoy vio a sus amigos pasar por encima de nosotros y no dijo ni una maldita cosa! ¡Perdió la razón! Es como si ya no lo conociera —mis palabras salen a borbotones—. Y... o sea, ¿nosotros fuimos unos idiotas con el asunto ese del basquetbol? *Posiblemente*, pero sigo pensando que estaba justificado, sobre todo si consideramos que ahora él está haciendo *justo* lo que me preocupaba: ¡se dejó lavar el cerebro para convertirse en un monumental imbécil!

Me quedo sin aliento al tiempo que dejo salir todo. A veces, hablar ayuda, y te sientes mejor en cuanto lo dices, o el problema parece menor cuando lo pones en palabras. Ésta no es una de esas veces. De hecho, todo parece todavía *más* imposible de resolver que hace un minuto. Excepto...

—Nop, ésta no me la trago —dice Steve, mientras se gira para tomar una pila de devoluciones y se dirige a los estantes para colocar los videos en su sitio.

Mis ojos se entrecierran hasta convertirse en rendijas.

—¿No te lo *tragas*? —repito, incorporándome de un salto para seguirlo, con demasiada energía para quedarme quieto.

—Sí, eso no tiene sentido —afirma Steve, señalando con un gesto una copia de *Mr. Mom*—. O sea, ¿ustedes han sido amigos por *cuánto* tiempo, y él los abandonó? ¿Por la popularidad? ¿*Lucas*? —lo descarta simplemente, como si existiera la posibilidad de que yo estuviera hablando de otro chico—. Yo digo que es mentira.

—No es que apeste lo que hizo —interviene Robin, asomando la cabeza por encima de los estantes para añadir su granito de arena—, pero creo que estoy de acuerdo con Steve en esto. Me gustaría escuchar el punto de vista de Lucas, teniendo en cuenta que tú también has sido un idiota.

Steve hace un gesto a Robin con la mano como diciendo *¿Ves? ¡Exacto!*, mientras pone otra película en su lugar.

—Grandioso —suspiro—. ¡Vengo aquí buscando apoyo y ustedes se ponen del lado del enemigo!

—No es "el enemigo", hombre, es *Lucas* —dice Steve, colocando otro video en su estante—. Y, además, no vienes con nosotros en busca de apoyo, sino de un consejo. Y mi *consejo* es que consideres que es posible que Lucas esté lidiando con sus propias cosas y tratando de entenderse a él mismo. *Más allá* de tan sólo querer ser popular.

Robin se apoya en un gran cartel de *Los Cazafantasmas*, que, según me entero, saldrá en VHS este mes. Es una lástima que la Hermandad sea un desastre ahora, porque si no fuera así, podríamos verla juntos. La idea me deja un sabor amargo en la boca.

—¿Has intentado *hablar* con él? —pregunta Robin—. Quiero decir, ¿sin echarle la culpa o acusándolo? Es decir, escucharse el uno al otro *en verdad*.

—Claro que hemos intentado *hablar* —me burlo.

Pero entonces, dudo, porque… ¿lo hemos hecho? Los dos hemos dicho muchas palabras, pero no sé si alguno de los dos estaba realmente *escuchando* al otro.

—Mira, entiendo que las amistades se complican en la preparatoria —dice Robin—. Si alguna vez quieren un mediador imparcial o alguien que les ayude a hablar sin que se maten entre sí, tal vez yo podría ayudarlos. Pasé unos cuantos años de campamentos de música durante la secundaria tan llenos de drama que soy básicamente una experta en navegar por los campos minados de la angustia adolescente.

En realidad, no lo dudo, pero…

—¿No te parece un poco exagerado? —pregunto—. No quiero ser demasiado dramático.

—Lamento decepcionarte, amigo, pero pasaste la línea de *lo demasiado dramático* hace un kilómetro —asevera Steve.

Y no se equivoca, teniendo en cuenta que no es la primera vez (ni será la última) que voy a la tienda a quejarme. La Hermandad se ha peleado antes, montones de veces, pero nunca había sido *así*, nunca habíamos pasado semanas sin hablarnos. Y por lo general, soy yo el mediador, no el que necesita un mediador, así que de alguna manera siento que es culpa *mía* que las cosas hayan ido tan mal.

Y Robin *es* bastante buena dando consejos y manteniéndose neutral. Quizás ella sí *podría* ayudarnos.

—Tal vez —digo—. Lo pensaré.

La puerta suena al abrirse, dejando que el frío de octubre se cuele en la tienda junto con un nuevo cliente. Steve me lanza una mirada aguda que indica que será *mejor* que lo piense y le pasa el resto de la pila de devoluciones a Robin antes de girarse para saludar al recién llegado.

Robin se encarga de poner las películas en su sitio, así que yo capto la indirecta y me acomodo en el mostrador para trabajar en mi proyecto. La Caja del Bardo se ha convertido en una caja de música multifuncional, no sólo un amplificador, sino una combinación de amplificador, sampler y grabadora, todo en uno. Tal vez sea ambicioso, pero me entusiasma.

Y, más que nada, es reconfortante. O sea, al menos, tengo esto. La gente puede resultar confusa, pero la ciencia y los circuitos de los amplificadores, al menos, nunca me han defraudado.

NERDS + FREAKS

CAPÍTULO OCHO

31/10/1985

Querido Will,

¡Feliz Halloween! Espero que la estés pasando mejor en California que yo en Hawkins.

Lo siento, no es mi intención empezar nuestras primeras cartas como un fastidioso total, sobre todo teniendo en cuenta que ya lloramos lo suficiente para toda una vida cuando vinieron a hacer la mudanza y a despedirse. Tal vez pensaste que te librarías de mis dramas al menos durante unas semanas, pero aquí estoy, empaquetándolos para echarlos al correo y enviando mi angustia a través del país.

Pero, en serio, en cuanto a Halloween se refiere, éste es el peor de todos los que he vivido. Se organizaron fiestas, estoy seguro, pero no nos invitaron, por lo menos a Mike y a mí. Lucas apenas habla con nosotros, tan preocupado como está por sus nuevos amigos geniales, y tan obsesionado con prepararse para las pruebas de basquetbol, que ya se olvidó de nosotros, por lo que veo. Max no está mucho mejor, pero no sé qué se trae ella, más allá de evitarnos.

Por desgracia, parece que todo se desmorona sin ti, Will el Sabio.

Siempre he pensado en Halloween como nuestra fiesta. Nosotros, la Hermandad, quiero decir. Desde disfrazarnos y pedir dulces hasta hacer una fiesta revisando nuestro botín y ver películas de miedo. Pero ahora somos demasiado grandes para usar disfraces, demasiado grandes para salir a pedir dulces, no lo suficientemente geniales para las fiestas y odio ver películas de miedo yo solo. Así que aquí estoy, la noche de Halloween, solo, comiendo dulces en mi recámara y escribiéndote.

En una nota menos deprimente, el proyecto de la feria de ciencias en el que estoy trabajando sigue por buen camino. Es mucho trabajo, y sin duda es raro no tenerte a ti, a Mike y a Lucas para aportar más ideas, pero ha sido un reto divertido. Hacer preguntas, buscar respuestas: la magia de la ciencia. Ay, cómo me gusta ser un nerd.

¿Todavía están planeando visitar Hawkins en Navidad?

Todos los extrañamos. La Hermandad no ha sido lo mismo desde que Ee Jane y tú se fueron. Sería genial verlos y reunirnos todos de nuevo.

¡Te deseo lo mejor desde Hawkins!

Tu amigo,

Dustin

CAPÍTULO NUEVE

LUNES 11 DE NOVIEMBRE DE 1985

Intento no ser hiperbólico, pero siento como si el mundo se estuviera acabando y mi vida hubiera llegado a su final.

Mamá me dirige una mirada de lástima y de disculpa desde el otro lado de la cocina, donde le está dando a Tews una lata de comida. Lo más molesto de todo esto es que está siendo demasiado *amable* como para que pueda enfadarme con ella, lo que significa que tengo que enfadarme *conmigo*.

—Dusty, hace años te mencioné las fechas en las que yo estaría fuera —me está diciendo.

Lo hizo. *Definitivamente*, lo hizo, y lo dejé entrar por una oreja y salir por la otra, porque todavía faltaban meses y meses. Hasta que... ya no. Ahora, faltan pocas semanas para el viaje de fin de semana de mamá con sus hermanas, y es el mismo fin de semana que la feria de ciencias. Y aunque yo tengo que estar en Indianápolis, mamá estará en Florida.

—Es sólo el fin de semana, y puedes llamar a los Wheeler si necesitas algo...

Aparto el plato de cereal que ya se reblandeció delante de mí.

—¿No puedes celebrar el cumpleaños de tía Kathy otro fin de semana?

—Si pudiera reprogramar todo el fin de semana y volver a reservar los vuelos de todas, cariño, *lo haría*. Pero todo está decidido. ¿Quizás alguno de tus amigos o sus padres puedan ayudar?

—Mierda —digo, y luego casi *vuelvo a decirlo* porque me doy cuenta de que acabo de maldecir delante de mamá.

Ella me lanza una mirada de desaprobación, pero a estas alturas está demasiado acostumbrada como para escandalizarse de verdad.

—Lo siento. Está bien. Preguntaré por ahí. Estoy seguro de que *alguien* podrá ayudar.

▶

Llamo a Steve primero, esa misma mañana, antes de que llegue el autobús, y le pregunto si él podría llevarme, pero…

—Lo siento, amigo, no puedo hacerlo —dice Steve—. Estaré trabajando ese día y, después, por fin conseguí una cita con esa chica…

Todavía no puedo comprender su continua búsqueda del amor cuando Robin está *justo ahí*, pero da igual.

—¿Es la rubia que sigue rentando *Vaselina* una y otra vez? —le pregunto.

—No, la otra…

—¿Esa chica, Lindsay? ¿La de las películas de terror?

—¡No, hombre! ¡Rebekah!

—¿Cuál es Rebekah? —pregunto. Sólo puedo identificar a cada una en función de las películas que alquilan, y no sé cómo lo consigue Steve.

—¿La… sexy? No lo sé —responde Steve—. El punto aquí es que estoy ocupado. Mis sábados ya están reservados con semanas de anticipación, amigo.

—Inútil —suspiro—. Bueno. Le preguntaré a Eddie.

Probablemente Steve está diciendo algo en señal de protesta, porque se muestra escéptico ante mi nuevo respeto por Eddie, pero no escucho sus quejas porque ya estoy colgando.

Creo que Eddie es increíble, pero me parece ridículo pedirle un favor, como si el hecho de que nos haya acogido a Mike y a mí bajo su protección no fuera un favor lo suficientemente grande por sí solo. Me preocupa un poco que esto sea el colmo, que me eche del Club Fuego Infernal por tan sólo atreverme a pedirle algo así, y entonces *sí* me quedaré sin amigos.

Y más allá de eso, Mike tenía razón al decir que Eddie es un poco *intenso*. La semana pasada, Gareth tuvo que abandonar Fuego Infernal antes de tiempo para ir al dentista y Eddie amenazó con aniquilar a su personaje para siempre.

Así que ya estoy nervioso por preguntarle cuando me acerco a la mesa durante el almuerzo, sólo para encontrarme con que Jeff y él están a punto de discutir a gritos en la cafetería sobre quién es el mejor guitarrista de metal: Tony Iommi, de Black Sabbath, o Glenn Tipton, de Judas Priest.

Echo un vistazo a Eddie, que casi se arrastra sobre la mesa para encarar a Jeff mientras grita algo sobre Black Sabbath, y aborto rápidamente la misión.

Seguro que habrá alguien por aquí con un coche que funcione, que no esté temporalmente loco por desacuerdos sobre música, como Eddie, y que no tenga una alta demanda social, como Steve.

Así que cuando llega la hora libre, me dirijo a la sala de música y encuentro a Robin en el ensayo de la banda. Habla con una chica pelirroja entre canción y canción, y el director de la banda no está mirando en su dirección, así que aprovecho la oportunidad para llevarla aparte y exponerle mi caso.

A diferencia de Steve, ella no está programada para trabajar ese día, pero, según su explicación incoherente y sin aliento…

—No es que tenga algo mejor que hacer un sábado que conducir hora y media hasta Indianápolis para asistir a un concurso de ciencias del que no sé nada —dice, a mil por hora—, pero no tengo coche y no sé conducir, así que probablemente no sea la candidata *más* viable…

Lo que significa que esto es otro fracaso.

A continuación, encuentro a Nancy en el salón de prensa, donde me explica que justo ese día va a cubrir para el periódico una campaña local de adopción de mascotas. Me desea suerte, lo cual es amable de su parte, pero no especialmente útil.

Para el final del día, la situación ha quedado clara: Eddie es mi única opción. No voy a desperdiciar mi última oportunidad acercándome a él sin tener listo un plan de acción y un argumento persuasivo, y ciertamente no durante una discusión explosiva relacionada con la música. Para empezar, tengo que hablar con él a solas, cuando no esté demasiado nervioso bajo la atenta mirada del equipo de basquetbol o del resto del Club Fuego Infernal. Lo que significa que necesito encontrarlo en su territorio.

Me presento en el parque de remolques de Forest Hills después de la escuela, lo que supone una distancia considerable, incluso en la bicicleta, así que cuando llego ya estoy sin aliento. No vengo a menudo a esta zona del pueblo. Observo el parque y su puñado de remolques. A un lado, una mujer cuelga la ropa en un tendedero escuchando en la radio una canción de James Taylor. Unos metros más allá, una pareja parece estar pasando el tiempo en unas sillas desvencijadas frente a una Winnebago con una hielera entre ellos, fuman cigarrillos, beben cerveza, hacen una pausa en su charla para entrecerrar los ojos y mirarme con recelo. Desvío la mirada y me fijo en la vieja camioneta que he visto conducir a Eddie y en el remolque delante del cual está estacionada. Bingo.

Sigo en la bici hasta el remolque de Eddie y la dejo en el pasto, mirando de nuevo por encima del hombro antes de armarme de valor y llamar a la puerta.

Se me ocurre, tal vez unos minutos demasiado tarde, que puede ser raro que me presente en la puerta de Eddie para pedirle un favor, pero supongo que no soy nada si no soy audaz.

La puerta se abre y Eddie se queda ahí parado, mirándome, desconcertado.

—¿Henderson? —mira por encima de mi hombro como si pudiera estar escondiendo a alguien detrás de mí que explicara mi presencia. Pero sólo estoy yo.

—Holaaaaaa —digo, alargando la palabra como si eso hiciera las cosas menos incómodas. (Sólo dejo constancia de que no es así.)

Eddie levanta las cejas un instante, sorprendido. Luego, se encoge de hombros, cambiando rápidamente con un pequeño gesto de la barbilla como diciendo: *Esto también puede suceder*, antes de apartarse de la puerta para hacer un gran gesto de invitación.

—Bienvenido a mis dominios, supongo —exclama.

Entro, miro a mi alrededor y lo asimilo todo. Un sofá sospechosamente manchado, la barra de la cocina llena de trastos, las paredes cubiertas de tazas de café decorativas y una colección de gorras de camionero que hace que la mía parezca un juego de niños. El aire huele a humedad, a cigarrillos y a algo más que supongo que es marihuana, pero no conozco el olor lo suficiente como para estar seguro. Todo esto es muy distinto de las casas a las que estoy acostumbrado —la mía, la de Lucas y la de Mike, los sueños suburbanos de nuestros padres—, pero intento no verlo como algo malo. Eddie es diferente a los demás en un millón de aspectos, ¿por qué no lo sería también su casa?

—Te ofrecería algo de beber —dice Eddie, cerrando la puerta tras de mí—, pero básicamente es agua o cerveza, y tú tienes... dime otra vez, ¿cuántos años tienes?

—Catorce —respondo.

—Así que nada de cerveza, probablemente —asevera, apoyándose en la barra de la pequeña cocina.

—Estoy bien —digo.

Ahora que estoy aquí, todos los escenarios que había estado ensayando se desploman en mi cabeza.

—Entonces, ¿qué te trae a este lado de las vías? —pregunta Eddie.

Trago saliva y me armo de valor. No puedo dejar que los nervios me impidan preguntarle. *Más* que sólo preguntar, tengo que *convencer a* Eddie para que diga que sí. Él es mi única esperanza.

Reúno mi mejor voz autoritaria de Amo del Calabozo.

—Eddie el Desterrado —digo. La columna vertebral de Eddie se endereza, como si el título por sí mismo le recordara que debe comportarse con orgullo. Eso me anima a continuar—. Un miembro del grupo, que soy yo, se encuentra en necesidad de asistencia.

La boca de Eddie esboza una sonrisa y se inclina hacia delante, con la cabeza ladeada, intrigado, pero no convencido. Todavía no.

—¿Qué tipo de asistencia? —pregunta.

—El siete de diciembre —le digo— necesito asegurar el pasaje a la gran ciudad de Indianápolis.

Eddie junta los dedos y asiente sabiamente.

—¿Se trata de tu cruzada paralela? —inquiere.

—Lo es. Es que... —levanto las manos y renuncio al lenguaje codificado y a la teatralidad, dejando que las palabras salgan como un alud—. Necesito que alguien me lleve a la feria de ciencias. Mamá saldrá de viaje, y todos los que sé que pueden conducir están ocupados, y he estado trabajando en este proyecto durante *meses*, y ahora no tengo forma de llegar allí y...

—Y *Eddie* tiene un coche que funciona, teóricamente —termina Eddie.

Me encojo de hombros.

—Sí. Y, pensé, si tú pudieras llevarme... Y cuando la feria de ciencias termine, la Caja del Bardo será toda tuya.

—Bueno —expresa Eddie, considerando—. Siempre he querido una Caja del Bardo.

Me emociono.

—¿En serio?

—Nop —dice—. Pero suena bien.

Me desanimo, pero al menos lo está considerando. Sólo tengo que empujarlo al límite. No tengo reparos en humillarme, pero espero no tener que hacerlo.

—Mira. Seguro que tienes cosas mejores que hacer, pero llegados a este punto... —suelto una risa de derrota—. Ayúdame, Eddie-Wan Kenobi. Eres mi única esperanza.

Me arrepiento en cuanto sale de mi boca.

—En primer lugar —me advierte Eddie—, *nunca* vuelvas a llamarme así.

—Hecho.

—En segundo lugar… tengo una condición.

Se me abren mucho los ojos y me da un vuelco el corazón: ¡no es un no! ¡Es casi un sí!

—¡Sí! —digo—. ¡Claro! ¡Lo que quieras!

—Cristo, chico… ni siquiera sabes lo que voy a pedirte.

Pongo los ojos en blanco. Subestima lo mucho que necesito este viaje y, además, no es como si pidiera algo raro.

—Apuesto lo que quieras a que vas a pedir encargarte de la música del viaje por carretera —supongo—. Lo cual está bien, obviamente. Yo llevaré bocadillos. Puedes recogerme, digamos, a las ocho de la mañana del sábado.

Eddie parpadea. Sus ojos se entrecierran. Por un segundo, pienso que me he pasado y lo insulté de alguna manera, y que está a punto de regañarme. Pero entonces suelta una carcajada, encendida por la incredulidad, como si lo hubiera sorprendido, pero de una manera agradable.

—Entonces, tienes un trato, Henderson —dice Eddie.

▶

No tardo en despedirme de Eddie y tomar la bici para cruzar el pasto rumbo a la carretera. Es entonces cuando veo una figura familiar con una melena pelirroja al otro lado del camino, que deja caer una bolsa en un contenedor de basura y se dirige de nuevo hacia un remolque.

—¿Max? —grito, inseguro. Quizá sea otra chica pelirroja y de complexión delgada. Pero ella se vuelve al oír su nombre y veo su cara, clara como el día—. ¡Max!

Levanto la mano en un saludo enfático y veo cómo me reconoce lentamente y su expresión muy rápido se asemeja a la de un ciervo deslumbrado por los faros de un coche. Como si la hubieran atrapado.

Acelero el paso y corro hacia ella con la bicicleta. Cruza los brazos sobre el pecho y se niega a mirarme a los ojos cuando me acerco. La sonrisa instintiva que se apoderó de mí al verla se va desvaneciendo poco a poco.

—Hey —vuelvo a decir, con la cada vez más clara sensación de que toparse conmigo no es una grata sorpresa—. ¿Qué estás haciendo aquí?

La cara de Max se tensa. Miro el contenedor de basura en el que acaba de descargar una bolsa, luego miro al remolque hacia el que se dirigía, y llego a la conclusión obvia y cegadora justo cuando ella lo dice.

—Ahora vivo aquí —su tono es frío, defensivo, como si me desafiara a decir algo al respecto.

No puedo evitar quedarme boquiabierto, porque...

—¿Por qué no nos lo dijiste? —pregunto.

Sé que Max ha estado distante, y sabía que ella y su madre se habían mudado tras la muerte de Billy y de que su padre se fuera, pero no me había dado cuenta de que se habían mudado *aquí.* No es que la menosprecie por vivir aquí, pero imagino que no fue un cambio fácil. Y me percato de golpe de que no tengo ni idea de cómo se siente respecto a esto, o respecto a nada más, porque ella no habla conmigo. Tal vez no hable con *nadie*.

De pronto, me siento egoísta y estúpido, como si debiera haberme dado cuenta, o simplemente *saberlo,* por ósmosis, o por el puro poder de la amistad. Me duele pensar que *alguno* de mis amigos esté lidiando con cosas tan grandes y aterradoras y ni siquiera me hable de eso. Es casi como si supiéramos que podemos llamarnos cuando la dimensión maligna bajo nuestro pueblo comienza a actuar, pero no cuando lidiamos con cosas reales.

Dolor y trauma y soledad y *cambio*. Los únicos monstruos peores que el Azotamentes. Pero eso es justo el tipo de cosas para lo que se supone que son los amigos. ¿Cierto? Ahora parece que hemos hecho un desastre de todo.

—No es para tanto —Max se encoge de hombros—. Neil se fue, y esto es lo que podíamos permitirnos. Da lo mismo.

Max pone cara de valiente e indiferente, pero sigue encogida en sí misma, como si prefiriera estar en cualquier parte del mundo que no fuera aquí, conmigo, su supuesto amigo que no sabe nada de ella.

Es una lección de humildad. ¿Con qué más podrían estar lidiando Max, o Mike, o Lucas, o Will, o Ce, para el caso, de lo que no tengo ni idea? Puedo responder a cualquier pregunta a través de la ciencia, pero no me he molestado en hacer las preguntas cruciales a las personas que más me importan.

—¿Estás...? —empiezo, trago saliva con fuerza—. Quiero decir, ¿todo está bien?

Max resopla.

—Ésa es una gran pregunta.

—Sí, pero, o sea, soy tu amigo —añado—. Puedes hablar conmigo.

Parece que estoy diciendo esto muy, *muy* tarde, pero demasiado poco o demasiado tarde es mejor que nada.

—Estoy bien, ¿de acuerdo? En verdad —dice Max—. Sólo... prométeme que no se lo dirás a los otros. Sobre todo, a Lucas.

—¿Lucas no lo sabe? —pregunto. Intento que no se me note la sorpresa en el rostro esta vez, pero nunca he sido bueno para poner cara de póquer.

Aunque tanto Max como Lucas se han mantenido distantes *conmigo*, al menos pensaba que ella y Lucas estaban bien.

—Te juro que yo misma se lo diré... en algún momento —responde Max, pero una vez más se niega a mirarme a los ojos y tira de las mangas de su sudadera.

—Max... —empiezo.

No quiero tener secretos con Lucas, no cuando las cosas entre nosotros ya han estado lo suficientemente inestables este año. Y más que eso, quiero saber que Max está hablando con *alguien*.

—Yo sólo... —comienza Max, mirándome por fin, suplicándome que la entienda.

Y la miro. *En verdad*, la miro.

Sus ojos azules parecen más apagados de lo normal, sin la agudeza que hace que Max sea tan *Max*. Se mantiene en pie como si estuviera herida, encorvada sobre sí misma.

Pero más allá de eso... parece *cansada*. Tiene unos círculos oscuros bajo sus ojos. ¿Lleva meses así de cansada y yo no le había prestado atención?

—Con todo lo demás cambiando tanto, sólo quiero fingir que algunas cosas siguen igual —dice, en voz baja—. ¿Tiene sentido?

Tiene demasiado sentido para mí ahora mismo. Aunque no sé cómo podría empezar a explicarlo.

—Sí —respondo—. Eso tiene mucho sentido, Max.

Me dedica una débil sonrisa antes de darse media vuelta para entrar.

La observo hasta que desaparece detrás de la puerta del remolque antes de subirme a la bici. Apunto hacia mi casa y empiezo a pedalear.

He cumplido mi misión, pero la preocupación se siente pesada en mi estómago. Y entonces, lo decido. Voy a aceptar la oferta de Robin para que actúe como mediadora, voy a *escuchar* de verdad, voy a reconciliarme con Lucas y voy a volver a unir a la Hermandad, como se supone que debe ser.

¿Qué tan difícil puede ser?

CAPÍTULO DIEZ

MARTES 12 DE NOVIEMBRE DE 1985

Al día siguiente, durante el almuerzo, estoy jugueteando con la Caja del Bardo que traje a la escuela para probarla. Está quedando muy bien ahora que integré la grabadora y la caja de resonancia, de modo que puede funcionar como un sampler para reproducir sonidos pregrabados.

Y eso es lo que uso ahora, con el noble propósito de reproducir un asqueroso sonido de pedo cuando Mike se sienta a la mesa con una bandeja de comida de la cafetería.

—Vaya, Mike, ¿tienes problemas estomacales? —finjo preocupación y él me fulmina con la mirada, observando de reojo el aparato con recelo.

—Vas a usar esa cosa para hacer el mal, ¿cierto? —pregunta, sacudiendo la cabeza con gesto cansado.

Presiono un botón de la caja de resonancia y la bocina emite un triste *womp-womp* que obligué a Robin a grabar con su trompeta.

—Tomaré eso como un sí —suspira Mike, y se enfoca en sus papas *tater tots*.

Los otros chicos del Club Fuego Infernal aún no han llegado, lo que significa que tengo muy poco tiempo para hablar con Mike a solas.

—Vamos a ir a Family Video el viernes después de clase —le digo con una autoridad que espero que no cuestione.

—De acuerdo, claro —acepta con la boca llena de papas—. ¿Quieres hacer una noche de cine?

—Nop —respondo. Luego—: Bueno, tal vez, pero no es eso. Robin nos ayudará a reconciliarnos con Lucas.

Mike mastica más despacio y entrecierra los ojos.

—¿De qué estás hablando? —pregunta.

—Ella va a ser la mediadora— le digo—. Y todos vamos a hablar de nuestros sentimientos...

—¡De ninguna manera! —interrumpe.

Grito para que me escuche por encima de sus indignadas protestas.

—¡... y no nos iremos hasta que *todo el mundo* deje de comportarse como un idiota!

—Amigo, de *ninguna* manera —repite Mike—. ¿Por qué necesitaríamos que Robin esté presente? ¿Y no debería ser *Lucas* el que se disculpe con *nosotros*?

—Es *exactamente* por eso que necesitamos a Robin —digo—. Porque no estamos viendo ambos lados.

—Ya he visto suficiente —se burla Mike.

—Vamos, hombre, es *Lucas* —lo animo—. ¿No podemos al menos escucharlo?

Mike vacila, pasa saliva con fuerza, hace un puchero, por eso sé que casi lo tengo, así que me lanzo con el golpe final:

—¿No quieres recuperar a tu mejor amigo?

Eddie, Gareth, Doug y Jeff se acercan a la mesa, discutiendo sobre algo, pero no aparto los ojos de donde están, clavados en los de Mike, como si pudiera hacer un truco mental Jedi para que accediera por mi pura fuerza de voluntad.

—Bien —refunfuña Mike, rompiendo por fin nuestro concurso de miradas para volver a su comida.

Sonrío y presiono otro botón de la Caja del Bardo, y se escucha el sonido de una multitud aplaudiendo y silbando. Ése lo grabé de la tele mientras mamá veía *El precio correcto.*

Mike pone los ojos en blanco, pero estoy tan ocupado con el sentimiento de triunfo como para que eso me importe.

—¿Qué es esa cosa, Henderson? —pregunta Gareth, mirando con recelo la Caja del Bardo mientras él y los demás ocupan sus sitios en la mesa.

—Por favor, no hagas que empiece —expresa Mike, como si algo le doliera.

—Tu proyecto de la feria de ciencias, ¿cierto? —inquiere Eddie.

—Esto es mucho más que un proyecto científico —aseguro, poniéndome de pie para presentar mejor el aparato.

—Y aquí vamos otra vez —dice Mike.

—*Ésta* es la Caja del Bardo —explico, haciendo un pomposo gesto de presentación—, una caja para hacer música todo en uno. Es parte dispositivo de grabación, parte sampler, parte amplificador… *totalmente* alucinante.

Presiono el botón para escuchar otro fragmento de *El precio correcto* en el que una multitud suelta un grito de asombro. Claramente, he estado practicando mi discurso.

—¿Vas a hacer música con esa cosa? —pregunta Jeff, levantando una ceja, con gesto poco impresionado—. ¿O sólo es una payasada?

Considero la posibilidad de presionar el botón que reproduce los abucheos del público, pero la forma más rápida de arruinar el encanto de un gag es abusar de él, así que me resisto al impulso.

—Soy más de tecnología que de música —digo—. Pero por eso me preguntaba si podría molestarlos durante un ensayo uno de estos días. ¿Quizás hacer algunas grabaciones y pruebas?

Tengo que asegurarme de que todo funcione como debería y ver cómo maneja las distintas frecuencias, tomar algunas medidas para la sección de datos de mi proyecto. La ciencia no puede funcionar sólo con ruidos de pedos y programas de televisión.

—Solemos hacer ensayos *a puerta cerrada* —dice Doug—. No estamos jugando, somos *músicos serios*.

—¡Y esto es un experimento serio! —me defiendo. La idea de que *no* sea considerado de esa manera es insultante.

—Creo que podemos hacer una excepción en nuestra nave hermética por un día —dice Eddie—. Por el bien de la ciencia, o lo que sea.

—A mí no me importa —Jeff se encoge de hombros.

—A mí tampoco —lo secunda Gareth.

Doug mira a cada uno de ellos como si esto fuera una gran traición, y cuando su mirada cae sobre mí, sólo ofrezco mi sonrisa más encantadora, parpadeando inocentemente hacia él, como queriendo decir: *Yo nunca sería una distracción para su Banda Tan Seria.*

—Bien —aprueba Doug.

Presiono el botón que hace sonar a Robin tocando una victoriosa fanfarria de trompeta. Doug y Mike se quejan al unísono, pero Eddie y Jeff ríen, así que considero esto como una victoria.

CAPÍTULO ONCE

VIERNES 15 DE NOVIEMBRE DE 1985

Robin, Mike, Lucas y yo estamos sentados haciendo un pequeño círculo en el suelo de Family Video, y ninguno de nosotros se mira a los ojos. Steve está al otro lado de la tienda colocando una nueva división para los videos destacados; finge que no está escuchando, aunque estoy seguro de que a ninguno de nosotros le importaría que se sentara a escuchar.

—Así que... —empieza Robin, riendo un poco nerviosa. Tiene un cuaderno y un bolígrafo, que acomoda en su regazo—. Gracias por reunirse aquí hoy.

Mike es la viva imagen de la actitud defensiva, con los brazos cruzados sobre el pecho y el ceño fruncido. Lo convencí para que se uniera, pero cree que toda esta idea es estúpida.

Supongo que Steve o Robin hablaron con Lucas, porque hace semanas que yo no hablo con él. Pero ahora está aquí, mordiéndose las cutículas por falta de algo mejor que hacer. Mientras estudio su cara en busca de indicios que demuestren o desmientan esa teoría, me preocupa que semanas de lejanía lo hayan cambiado todavía más. ¿Qué pasa si se ha atrincherado aún más en la estupidez deportista, o si no le importa lo suficiente como para arreglar el desastre que hemos creado con nuestra amistad?

Me sacudo las preocupaciones. Por eso estamos aquí. Para resolverlo todo. Así que me obligo a centrar mi atención en Robin.

—De acuerdo, entonces, eh, ¿qué estamos haciendo, exactamente? —pregunto.

—Realmente no lo sé, es la primera vez que hago esto —dice ella—. Pero ¿supongo que podemos empezar manifestando cómo nos sentimos? ¿Quizá de uno en uno, sin interrupciones?

Nadie se ofrece como voluntario. Llevo la mirada de Lucas a Mike, y de regreso; siguen evitando mirarse entre ellos o mirarme a mí. Mike suspira exageradamente.

—Bueno, está bien, yo empiezo —expresa Mike—. Todo esto me parece excesivo. No necesitamos una intervención. Sólo queremos que Lucas deje de hacer el ridículo.

Lucas intenta intervenir, pero Robin extiende una mano para callarlo.

—Bien, ¿nueva regla? —dice—. No nos juzguemos ni culpemos unos a otros, ¿de acuerdo? Céntrense en sus propios pensamientos y sentimientos. Puede ser útil si empezamos las frases con *yo siento.* ¿Quieres intentarlo otra vez, Mike?

—Bien —responde—. *Yo siento* que Lucas está siendo ridículo por juntarse con el equipo de basquetbol cuando lo único que hacen es fastidiarnos. Y *siento* que eso lo está convirtiendo en un completo imbécil.

Me aclaro la garganta y levanto la mano.

—Yo también lo siento así.

—Bueno, *yo* siento que están siendo unos idiotas con todo ese asunto y ni siquiera *intentan* entender de dónde vengo —replica Lucas.

—En verdad están acabando con el propósito de las declaraciones *yo siento,* chicos —Robin suspira—. Bien, tenemos que retroceder. Claramente, asumí demasiado sobre su inteligencia emocional. Tenemos que hacer algunos ejercicios de construcción de confianza.

—Si estás hablando de que nos dejaremos caer en los brazos del otro para demostrar confianza, me voy —dice Mike, y no puedo saber si está bromeando o no.

—Escucha, *Michael* —interviene Robin—. Cuando mi cabaña en el campamento de música de séptimo grado estaba enfrascada en una verdadera guerra civil por el uso del baño, y todas las chicas tomaban partido por Becky o Veronica, después de que Becky besó a Jake, de quien *todas* sabíamos que Veronica estaba enamorada, yo habría pensado que *nada* podría curar esas heridas. Pero al final del verano, no sólo habíamos arreglado las cosas para la actuación final, sino que además éramos realmente *amigas.* ¿Saben lo que nos hizo hacer el consejero del campamento?

—Si tuviera que *adivinar*... —dice Mike, con tono sarcástico.

—¡Caídas de confianza, Wheeler! Además de algunas otras *actividades de construcción de confianza* que ustedes, tontos insensibles, van a tener que tomar *en serio, capisce*?

Nos mira a cada uno por turnos, retándonos a decir algo. Intercambio miradas con Lucas y Mike, cuyas expresiones coinciden con lo que yo estoy sintiendo, es decir: *¿en qué demonios nos metimos?*

—Ahora, levántense. Todos, vamos, ¡arriba!

Me pongo de pie y Lucas y Mike me siguen. Mike refunfuña en voz baja.

Robin revisa la tienda y, al comprobar que todavía no hay clientes, llama a Steve con un movimiento de la mano.

—Steve, ¿me ayudarías acá?

Steve se desliza inocentemente como si no hubiera estado espiando todo el tiempo.

—¿Con qué? —pregunta.

—*Nosotros* —dice Robin, señalando su propio pecho y luego el de Steve—, vamos a demostrar una caída de confianza.

Steve pone los ojos en blanco con un suspiro.

—Claro, seguro, de acuerdo.

—Voy a dejarme caer hacia atrás, y voy a *confiar en* que Steve va a atraparme —asegura Robin, lanzando a Steve una mirada que dice: *Será mejor que me atrapes.*

Adoptan sus posiciones mientras los demás observamos, poco impresionados. Robin se coloca de espaldas a Steve, y él extiende los brazos, inseguro. Robin cierra los ojos, respira hondo y se deja caer.

Steve la atrapa por debajo de los brazos y Robin suelta una carcajada de alivio mientras se vuelve a poner de pie.

—¿Ven? —dice, un poco sin aliento—. Fácil. Y ahora es su turno, chicos. Mike, Dustin, ¿quieren hacerlo primero?

—¿Tenemos elección? —refunfuña Mike.

Y, escucha, a mí tampoco me entusiasma, pero que Mike se lo esté haciendo tan difícil a Robin no ayuda.

—Venga, hombre, acabemos de una vez —le digo—. ¿A menos que tengas miedo de que te deje caer?

—No tengo *miedo,* simplemente no veo cómo esto va a ayudar en nada —contesta Mike.

—Bueno, ciertamente no puede empeorar las cosas —digo, extendiendo los brazos en posición de captura y moviendo los dedos de mis manos en señal de invitación—. Vamos.

Mike suelta un suspiro exagerado y resignado, y finalmente se da la vuelta dándome la espalda. Me preparo para atraparlo.

—Si me dejas *caer*, lo juro por Dios... —advierte Mike.

—*Vamos* —repito.

Por fin, Mike cae y yo lo atrapo.

Robin y Steve dan un educado y discreto aplauso.

—¡Perfecto! —dice Robin—. ¿Ven? No estuvo tan mal.

Mike se endereza y fulmina a Robin con la mirada, no muy convencido. No puedo evitar reírme y le doy una palmada en el hombro.

—No sé tú, pero yo ya me siento más cerca de ti —bromeo.

El resto de las caídas de confianza transcurren de forma similar: Robin nos pide que lo hagamos al revés y, entonces, Mike me atrapa a mí, y luego llama a Lucas para su turno. Lucas atrapa a Mike, luego yo atrapo a Lucas, luego Lucas me atrapa a mí, y ninguno deja caer al otro. No creo que a ninguno de nosotros le parezca gracioso algo así, y es un alivio que, a pesar de los cretinos amigos de Lucas, él no parezca haber absorbido su lado cruel.

—Miren esto —añade Robin, sonriéndonos con orgullo una vez que hemos terminado—. Se cubren las espaldas unos a otros, chicos.

—¿Eso es todo? —pregunta Lucas.

—Eso, amigos míos, fue la primera parte —contesta Robin—. Acaban de pasar al siguiente nivel.

Miro a Lucas e intercambiamos un gesto de fastidio, pero es más interacción de la que hemos tenido en semanas, así que es agradable, de alguna manera. Incluso si al final sólo terminamos unidos por la cursilería de los ejercicios de Robin, lo consideraría un éxito.

Robin se acerca al mostrador y rebusca en un cajón hasta encontrar unos cuantos blocs de notas adhesivas y algunos bolígrafos.

—Y ahora, esto es lo que vamos a hacer, chicos: van a escribir algunos de sus mayores miedos en estas notas. Luego las pondremos en… —mira a su alrededor y entonces toma de un estante un bote promocional de palomitas de maíz y lo levanta— *esta* cosa, y la agitaremos, y yo las leeré en voz alta de forma anónima.

Robin reparte los blocs de notas adhesivas y los bolígrafos.

Mike mira su bloc con escepticismo, y Lucas y yo intercambiamos otra mirada recelosa.

—¿Cómo va a ayudar esto? —pregunta Lucas.

—¡Vamos, chicos, necesitan confiar en el proceso! —dice Robin—. Ahora pónganse a escribir. Quiero al menos algunas respuestas de cada uno. Lo superficial está bien al principio, pero no tengan miedo de profundizar.

Dado que no hay clientes que deba atender, Steve apoya una cadera en el mostrador y observa cómo empezamos a escribir a regañadientes.

Miedos. Parece una categoría demasiado amplia, porque hay muchas cosas que me dan miedo. Pienso en el Mundo del Revés, en los Demogorgones y los demodogos, en los monstruos de humo y en los monstruos de carne. Estoy seguro de que Mike y Lucas están pensando lo mismo, pero no quiero sacar a relucir eso aquí.

Escribo, *Agujas.* Luego, *El dentista.* Garabateo algunas frivolidades más y entonces hago una pausa. No sé, tengo la sensación de que Mike no se va a tomar esto en serio, y no quiero ser el único vulnerable. Miro a mi alrededor. Mike se muerde el labio y Lucas se rasca la nuca mientras garabatean sus notas. Pero, a fin de cuentas, si hay alguien a quien podría confiar mis mayores miedos, son estos chicos. Así que escribo: *Ser abandonado,* y lanzo todas mis notas adhesivas al bote de palomitas justo cuando Robin da una palmada para que volvamos a ponerle atención.

Lucas termina de garabatear y añade sus notas al bote, y todos nos sentamos en un incómodo silencio mientras Robin lo agita y empieza a rebuscar. Lee nuestras respuestas en silencio, suelta algunos *mmm* y otros sonidos reflexivos. Mi pie da golpecitos ansiosamente mientras espero, viéndola barajar las notas en algún tipo de orden.

—Voy a leer en voz alta algunos de éstos, ¿de acuerdo? Y quiero que digan si se identifican, si también les da miedo. No tienen que decir si lo escribieron ustedes, a menos que quieran.

Asiento, con el estómago revuelto por los nervios repentinos.

Robin lee la primera de la pequeña pila de notas.

—*Arañas* —dice, con un escalofrío—. Un clásico.

—Es instinto evolutivo básico —afirma Mike—. Hay arañas que pueden paralizarte y matarte.

Nunca me han asustado especialmente las arañas, ni ninguna criatura, en realidad. Tal vez algo de criar a un bebé Demogorgón te hace bastante inmune al miedo a los bichos espeluznantes. Sin embargo, no lo digo. No quiero descarrilar las cosas.

—Ésa era mía —admite Lucas con timidez.

—Es una buena —asevera Mike.

Él y Lucas comparten una pequeña sonrisa.

—Bien, siguiente —dice Robin—. *Alturas.*

—Un buen punto —expreso—. Es natural tener miedo a terminar *aplastado* en el suelo.

Creo que es uno de los miedos más comunes. Los humanos no estamos hechos para los daños por caídas.

Supongo que lo escribió Mike, sólo porque Lucas nunca ha tenido miedo a las alturas, y sé que no lo escribí *yo*. Me hace recordar cuando teníamos doce años y Mike saltó del acantilado en la cantera, sin saber que Ce estaría allí para salvarlo. Yo estaba aterrado, pensando que iba a perder a mi segundo mejor amigo en una semana. Trago saliva con fuerza al recordarlo.

—A continuación, tenemos *agujas* —dice Robin.

Ésta es la mía.

—Oh, ésa también es buena —asegura Lucas.

—Sí, definitivamente —lo secunda Mike con una mueca.

—Ése fui yo —digo con un pequeño gesto de la mano.

—¡Y mira eso! Ustedes tienen mucho más en común de lo que creen, chicos —interviene Robin, repasando los trozos de papel con determinación—. Bien, vayamos ahora por algunas más serias.

El corazón me da un vuelco en el pecho, nervioso por la posible exposición. Pero Robin sigue adelante:

—*Ser abandonado* —lee.

La mía, otra vez. Me concentro en mi respiración, con los latidos de mi corazón retumbando en mis oídos, esperando a que Lucas o Mike inevitablemente hagan bromas o se burlen.

No lo hacen. Permanecen en silencio y, cuando les echo un vistazo, descubro que bajaron la cabeza.

—Leeré otro —dice Robin, con voz tranquila en medio del silencio—. *Perder a mis amigos*.

Respiro. No la escribí yo, pero me identifico profundamente. Es casi lo mismo, en cierto modo, que tener miedo a ser abandonado.

Sin embargo, nadie habla. El silencio es insoportable y lo único que oigo es el pesado sonido del sistema de calefacción de Family Video bombeando calor por todo el local. Incluso Steve se queda quieto y deja de ordenar los videos.

Robin pasa a la siguiente nota.

—*Fallarle a la gente que me necesita* —lee.

No puedo evitar girar la cabeza en dirección a Lucas y después a Mike, que están a ambos lados de mí. Lucas parece tan asombrado como yo, y tiene los ojos abiertos como un ciervo deslumbrados por los faros de un coche. Mike se mira el regazo y parpadea rápidamente como si estuviera a punto de *echarse a llorar.*

—¿Ven el patrón aquí, chicos? —pregunta Robin con voz suave—. Ustedes tienen miedo de las mismas cosas. Tienen más cosas en común que las que los hacen diferentes. Y lo más importante, ustedes, chicos, se *preocupan* el uno por el otro.

Y ella tiene razón, porque todo aquello por lo que hemos estado peleando parece tan pequeño en el esquema de nuestra amistad y de todas las cosas por las que hemos pasado, desde lo interpersonal hasta lo interdimensional y todo lo que hay en medio de eso.

Sigo sin entender a Lucas ni todo el asunto del basquetbol, en realidad, pero quizás eso no tiene importancia. Desde luego, no importa lo suficiente como para seguir sin hablarnos.

—De acuerdo —digo—. Yo ya dejaré de ser un idiota si ustedes también dejan de serlo. ¿Podemos tan sólo… volver a ser amigos? ¿Por favor?

—Yo… —expresa Lucas—. Yo pensaba que ya no me querían cerca desde que empecé a tomarme en serio lo de entrar en el equipo de basquetbol.

—Claro que te queremos cerca —afirma Mike—. Todavía no *lo entiendo*, obviamente, o no *me gusta*, pero siempre te querremos cerca, amigo, vamos.

Lucas sonríe, algo tembloroso e inseguro, pero eso es más de lo que le hemos sacado en meses. Se siente bien, familiar y cálido, y creo que toda esta cosa valió la pena sólo por eso.

Robin nos sonríe a todos, como una profesora satisfecha, y vuelve a guardar las notas en el bote, salvo por una, que cuelga entre sus dedos pulgar e índice.

—Todo esto es súper conmovedor, de verdad —dice Robin—. Pero, por curiosidad... ¿quién escribió *Turbo Teen*?

Lucas resopla, Mike y yo intercambiamos miradas divertidas, y Steve asoma la cabeza desde detrás del estante de películas de acción.

—Oh, ése fui yo —dice, avergonzado—. ¿Has visto esa mierda? Es inquietante.

Todos compartimos una risa, y se siente bien. Correcto.

Y... no hemos vuelto a ser como antes, y nuestra amistad es definitivamente más vacilante que lo que alguna vez fue... Pero sea la que sea la herida, ya no está abierta. Al menos, tiene una bandita adhesiva.

Y sólo puedo esperar que se cure con el tiempo.

▶

Cuando llego a casa, hay una carta de Will para mí en el mostrador de la cocina. La abro y leo:

Nov. 10, 1985

Querido Dustin,

¡Me alegro de tener noticias tuyas! Siento que hayas tenido un Halloween tan poco emocionante, pero lamento informarte que yo tampoco tuve mucha emoción aquí, sólo comí dulces y vi la televisión con Ce y Jonathan y su amigo Argyle. Definitivamente, no me invitaron a ninguna fiesta.

Hasta ahora, no he hecho muchos amigos aquí. La gente es agradable, es sólo que... nosotros somos los chicos raros de Indiana. A veces pienso que no importa a dónde vayamos. Como si ser considerado un friki fuera algo que trascendiera las fronteras de los estados, o incluso de los países. Como si pudiera ir a cualquier lugar en el mundo, y los demás pudieran olerlo.

Y ahora, ¿quién está siendo pesimista? Ha pasado poco tiempo. Encontraré a mi gente, estoy seguro.

Por otro lado, me encanta mi clase de arte. Mi profesor es en verdad genial, y he estado pintando mucho más.

Mira, odio pensar que las cosas entre tú y Mike y Lucas y Max no están bien. Sé que nuestros amigos pueden ser un poco inconscientes a veces, pero tienen buenas intenciones. Creo que todos están tan pendientes de sus propias cosas que a veces se olvidan de que los demás están pasando por lo mismo, de una forma u otra. Creo que lo que importa es que te cubran las espaldas cuando hace falta, y sé que lo hacen.

Para responder a tu pregunta: no, no vamos a ir allá para pasar Navidad. Todavía hay gente buscando a Jane. Y allí hay un montón de malos recuerdos para mamá. Para todos nosotros.

Aunque me encantaría verlos.

Más importante aún: tienes que decirme más sobre tu feria de ciencias. ¿De qué se trata tu proyecto? ¿Cómo será la feria?

Mis mejores deseos,

Will

No puedo evitar reírme. Un paso por delante del resto de nosotros, como siempre, al menos en lo que a sentimientos se refiere. Will el Sabio, sin duda.

CAPÍTULO DOCE

MIÉRCOLES 20 DE NOVIEMBRE DE 1985

Antes incluso de que llegue a casa de Gareth en mi bici, oigo el ensayo de Ataúd Oxidado al final de la calle. No sé lo suficiente sobre rock y metal como para juzgarlos, pero parecen ser bastante buenos. Son, como mínimo, extremadamente ruidosos, y mantienen las puertas del garaje abiertas de par en par para que cualquiera pueda verlos u oírlos. Es como entrar en un concierto privado.

La Caja del Bardo está sujeta en la parte trasera de mi bici, la toco para asegurarme de que está bien, la tomo y bajo de mi bici antes de acercarme al garaje. Eddie está en el centro y al frente, con su guitarra y un micrófono; Gareth se encuentra detrás de él, con una batería, y Jeff y Doug se ubican a ambos lados de la puerta, con una guitarra y un bajo, respectivamente. Me encanta cómo todos están inmersos *en* la música, y su energía y entusiasmo son contagiosos, como si en verdad, genuinamente, les gustara hacer música juntos.

Sus instrumentos se apagan al ver que me acerco, e intento saludar con la mano a pesar del peso de mi invento.

—¡Suenan genial, chicos! —grito por encima de los últimos sonidos de la guitarra y batería, mientras Gareth agarra los platillos para silenciarlos.

—No hay necesidad de que nos adules, Henderson —ríe Eddie en el micrófono—. Ya aceptamos ser tus conejillos de Indias.

—No los estoy adulando, es un cumplido genuino —explico—, y francamente, me ofende que pienses que voy a recurrir a una técnica persuasiva tan carente de lógica.

—Oh, los horrores —dice Eddie con un escalofrío dramático.

—*Yo* creo que sonamos bien —afirma Gareth.

—Yo no confío en tu oído después de tantos años detrás de ese equipo, hombre —interviene Jeff.

—Entonces, ¿cuál es el trato? —me pregunta Eddie—. ¿Estamos haciendo ciencia o qué?

—¡Sí! —respondo.

Llevo la Caja del Bardo a un lado y la acomodo encima de otro de los amplificadores más grandes. La acaricio con orgullo, como un amante de los coches acariciaría un Ferrari.

—El otro día les enseñé un poco sobre cómo se pueden grabar sonidos, que se programan en la caja de resonancia para ser reproducidos después, ¿algo así como un *sampler*? Pero ya también descubrí cómo hacer que el audio grabado se reproduzca en *bucle,* y está el amplificador incorporado, así se pueden crear sonidos y construir a partir de eso, y...

Me interrumpo cuando me doy cuenta de que todos me miran sin comprender y que me salí por una tangente que no necesitan oír.

—Eh... quizá sería más fácil si se los muestro —digo—. Gareth, ¿puedes darme un ritmo? Algo sencillo, cualquier cosa está bien.

Presiono el botón de grabación mientras Gareth empieza a tocar un ritmo de acompañamiento sencillo y, cuando lleva unos cuantos acordes, dejo de grabar y le hago un gesto para que se detenga. Asigno el sonido a uno de los botones del mezclador de sonido y presiono el botón para que se reproduzca en bucle. Suzie me ayudó con algo de la programación, pero no es tan complejo más allá de eso.

Lo enciendo y el ritmo de la batería de Gareth suena en el altavoz, reproduciéndose en bucle casi a la perfección, con el más mínimo problema entre las repeticiones.

—De acuerdo... —dice Gareth.

—Sólo espera —interrumpo—. Doug, ¿podrías añadir una línea de bajo?

Con una ceja levantada con escepticismo, Doug se adelanta para dejarme grabar un conteo de ocho del bajo.

Presiono los botones para activar el ritmo de la batería y el bajo, y entonces se escuchan juntos, una pequeña sección rítmica ordenada.

—¿Y luego, a partir de ahí, se van haciendo capas? —digo, sintiéndome de pronto inseguro bajo sus ojos curiosos—. Podrías tocar en vivo con esto como acompañamiento, simplemente conectándote al amplificador con tu guitarra, o podrías mezclar música directamente en la Caja del Bardo, si añades más sonidos, como fraseos de guitarra o voces, bueno, cualquier cosa, en realidad...

Me interrumpo y no aparto los ojos de la Caja del Bardo para no verlos, porque, de la nada, estoy aterrorizado pensando en que todos van a odiarla. Que la idea es estúpida, no sólo para la feria de ciencias, sino para el campo de la música en su totalidad, y que en realidad los estoy insultando al presentarles la idea.

—No sé, o sea, la memoria es bastante limitada, así que las grabaciones no pueden durar mucho —digo—. Y si quieren hacer un bucle tienen que cronometrar las cuentas ustedes mismos para que cuadren, pero quizá podría encontrar una forma de integrar un metrónomo o algo…

Pero entonces Eddie cruza el garaje hacia mí y me pasa un brazo por los hombros, mientras con la otra mano toca la Caja del Bardo con curiosidad.

—Maldita sea, Henderson, esto es muy lindo —afirma.

Me enderezo bajo su brazo y lo miro sorprendido.

—¿En serio? —pregunto.

—Claro que sí, amigo —dice Eddie—. Cristo, esto es como… el siguiente nivel. Y no me malinterpretes, siempre estoy del lado de los instrumentos en vivo por encima de los sintetizadores, pero esto es algo en vivo, a su manera.

—Puedo ver cómo realmente podría llenar el sonido de una banda más pequeña —interviene Gareth, dejando su batería para venir a echar un vistazo a la Caja del Bardo.

—O incluso en un solo —añade Eddie.

—Ni te hagas ilusiones y pretendas salir corriendo de aquí, Munson —refunfuña Doug desde detrás de nosotros.

—¿Y esto lo *hiciste* tú? —pregunta Jeff, que se une al semicírculo que estamos formando alrededor de la Caja del Bardo y se agacha para verla más de cerca.

—El diseño podría ser más elegante —digo, anticipándome a la posible crítica antes de que ellos puedan hacerlo—. Y gran parte fue sólo volver a cablear y reprogramar lo que ya está allí, desde el amplificador y la grabadora y el mezclador. Pero… sí.

—Esto es bastante metal, amigo —agrega Doug.

Inflo el pecho, consciente de que es un cumplido extremadamente grande viniendo de él.

—Así es —coincide Eddie—. Ahora, ¿qué es exactamente lo que necesitas de nosotros?

El orgullo estalla en mi pecho ante todos los elogios de algunas de las personas más difíciles de impresionar que he conocido. Es sorprendente y abrumador a la vez, y me siento un poco nervioso, aunque trato de sonreír con gesto confiado.

—Ehhh... me gustaría conseguir algunas muestras más para guardar, y necesito medir las frecuencias y la distorsión de cada uno de sus instrumentos a través del amplificador... —explico—. No debería tomarme más de unos minutos.

Me pongo a trabajar y parece que todo va sobre ruedas.

NERDS + FREAKS

CAPÍTULO TRECE

SÁBADO 23 DE NOVIEMBRE DE 1985

Por primera vez en mucho tiempo, Lucas, Mike y yo nos reunimos en el sótano de la casa de Mike para ver un maratón de películas de terror. Max nos dejó plantados en el último minuto. No la había visto desde que me encontré con ella en el parque de remolques, pero considero la presencia de Lucas como una victoria, teniendo en cuenta que éste es nuestro primer encuentro tentativo desde que, más o menos, nos reconciliamos con la ayuda de Robin.

En cualquier caso, estamos casi todos, desparramados en dos sofás y bajo docenas de mantas apolilladas, comiendo nuestro peso en palomitas, cortesía de la señora Wheeler. Ya vimos *El despertar del diablo* y vamos a la mitad de *Poltergeist*. Hemos sobrevivido tanto tiempo sin que ninguno de nosotros se quede dormido sólo porque me he encargado de lanzarles palomitas a Lucas o a Mike cada vez que alguno está a punto de quedarse dormido.

—Estos tipos son unos aficionados —digo. Las palabras salen amortiguadas a través de una boca llena de palomitas de maíz—. Podría haberme dado cuenta de que esa casa estaba embrujada desde la *primera* noche.

—Sí, pero *sabes* que es una película de terror —añade Lucas—. No se pueden permitir el lujo de ser conscientes del género.

—Escucha, no estoy diciendo que yo *sobreviviría* a una película de terror —me defiendo—, sólo digo que duraría mucho más que cualquiera de estos idiotas.

—Técnicamente, creo que a estas alturas *todos* nosotros podemos decir que hemos sobrevivido a una película de terror —sostiene Mike.

Y sé que lo dice de manera desenfadada, pero de inmediato acaba con el ambiente al recordarnos todas las pérdidas y traumas de los que simplemente... no hablamos. Lucas se mira las manos, y estoy seguro de que está pensando en Max, notablemente ausente, como lo ha estado desde que Billy murió. Mike frunce el ceño, y tengo la certeza de que está pensando en Ce y en los poderes que perdió. Los observo a ambos, pensando en todas las cosas que no podemos decir.

Busco alguna forma de romper el incómodo silencio, pero las palabras no llegan. Porque... ¿qué se puede decir sobre los monstruos de carne que matan al imbécil hermano de tu amiga, o sobre la novia superpoderosa de tu amigo que pierde sus habilidades después de salvar el mundo por tercera vez?

Fingimos ver la película para no tener que reconocer nuestros problemas. Busco algo, cualquier cosa, que rompa el silencio y nos devuelva el entusiasmo que teníamos hace sólo unos minutos.

—Hey, ya que estamos todos aquí —propongo, una vez que el silencio ha durado lo suficiente como para que los hombros tensos de Mike se relajen—, deberíamos intentar llamar a Will y a Ce.

Una parte de mí sólo quiere demostrar que, después de todo, la Hermandad está bien, teniendo en cuenta que mi última carta a Will pintaba las cosas bastante mal. Pero a la mayor parte de mí le gusta la idea de que la Hermandad completa se reúna, aunque sea a través de miles de kilómetros de distancia.

Los demás se enderezan, con interés.

—Me apunto —añade Lucas—. Pero ¿qué hora es en California?

—Hay una diferencia de tres horas —asegura Mike—, así que deben ser como las cinco.

—Perfecto —digo—, quizá su teléfono esté desocupado.

Lucas pone la película en pausa y me dirijo al teléfono del sótano. Mike se une a mí y me va diciendo el número mientras marco. Lucas también se acerca y nos acomodamos alrededor del teléfono que ya está sonando. Subo el volumen al máximo para que todos podamos oír (aunque con cierta distorsión) si sostengo el receptor en el centro de nuestro pequeño círculo.

Estoy medio esperando que Joyce o Jonathan respondan, pero entonces…

—*¿Hola?* —a pesar del crujido del teléfono, es innegablemente la voz de Will.

Todos respondemos de inmediato, alborotados.

—¡Byers! —grita Lucas.

—¡Will el Sabio! —exclamo al mismo tiempo.

—Hey, Will —murmura Mike, más bajo.

Will suelta una carcajada.

—*¡Vaya, toda la Hermandad!* —puedo escuchar la sonrisa en su voz—. *Es* tan *bueno escucharlos, chicos. Aguarden… esperen un… mmm…* Jane, *saluda…*

Aún no me acostumbro a decirle *Jane* a Ce, pero es probable que estén vigilando nuestras llamadas y haremos todo lo posible para protegerla. Hay un susurro casi silencioso cuando el teléfono presumiblemente cambia de manos.

Ce habla, con voz vacilante pero cálida.

—*Hola* —dice.

—¡Hey, Jane! —le digo—. Siempre tan conversadora.

—Te extrañamos —añade Lucas, inclinándose para que el receptor capte su voz.

—Estamos en el sótano de la casa de Mike viendo películas de miedo —anuncio—. ¿Qué están haciendo ustedes?

—*La tarea* —ríe Will—. *Lo siento, ojalá pudiera decir algo más emocionante.*

—Entonces, ¿todavía no se han vuelto fanáticos del surf? —pregunto—. ¿Ya adoptaron el acento *Valley Girl*?

—*Todavía no* —responde Will, tan afable como siempre.

Mike me quita el teléfono de las manos.

—¿Así que no se han vuelto completamente locales?

—*Pueden sacar a los Byers de Hawkins…* —afirma Will, y deja el resto de la frase colgando en el aire.

—*Sin embargo, nos hemos vuelto fanáticos de sus burritos de desayuno* —añade Ce.

Hay un momento en el que sonreímos todos los que formamos el círculo alrededor del teléfono, y luego…

—*Ojalá pudiéramos estar ahí, en serio* —dice Will en voz baja—. *Los extraño, chicos. Los dos los extrañamos.*

—*Pero las cosas están bien aquí* —afirma Ce. Luego, tras una pausa, añade—: *Las cosas están* bien.

—*Sí. Sí, quiero decir que lo estamos haciendo bien* —agrega Will, un poco vacilante.

No puedo dejar de notar que Ce no tiene mucho que decir en general, y que Mike no tiene mucho que decirle a Ce. Yo sabía que Mike estaba nervioso acerca de mantener la relación a larga distancia, pero ¡caramba! No todo el mundo puede ser como Suzie y yo, supongo. O tal vez hablan tanto que simplemente no tienen nada que decir en este momento. En verdad, no lo sé.

—*¿Cómo está el club de Calabozos y Dragones?* —pregunta Will—. *Y, Lucas, ¿cuándo son tus pruebas de basquetbol?*

—El 2 de diciembre —responde Lucas—. He estado practicando mucho, pero ya veremos cómo resulta.

Pongo los ojos en blanco al recordar el esfuerzo demencial de Lucas, y enseguida me pregunto si debería sentirme culpable porque yo ni siquiera lo sabía. Por no haberme molestado en preguntar.

—Fuego Infernal es increíble —dice Mike—. Eddie es una leyenda como Amo del Calabozo.

—Un Amo del Calabozo cruel, retorcido y *despiadado* —añado—, pero sí, definitivamente legendario.

—Quizá la próxima vez que vengas de visita él podría permitir que participes en una sesión —propone Mike.

—*Tal vez, eso sería genial* —ríe Will—. *¿Qué más, qué está pasando con la feria de ciencias? ¿Cómo va el proyecto?*

Me emociono y trato de agarrar el teléfono, pero el agarre de Mike es tan fuerte que no consigo hacerlo.

—Oh, por Dios, no hagas que empiece a hablar de eso —dice Mike—. Si oigo algo más sobre circuitos y grabación de audio me voy a volver loco.

—*Bueno, yo creo que es impresionante* —comenta Will, y puedo oír un entusiasmo genuino en su voz—. *Es genial que lo hagas todo tú solo, en serio.*

—Gracias, hombre —respondo, y me muerdo el discurso sobre circuitos que ya tengo en la punta de la lengua, por el bien de Mike.

—Oh, he estado queriendo preguntar —dice Mike, no al teléfono, sino a mí—. Es que no sé… ¿la gran exhibición de lujo te dejará llevar invitados? Si quieres, quizá podríamos ir y apoyarte, ¿sabes?

—Oh, ésa es una buena idea —secunda Lucas—. Sé que tenías muchas ganas de hacerlo con la Hermandad, y lo menos que podemos hacer es ir a animarte.

No puedo evitar sorprenderme: tanto Lucas como Mike parecían tan poco interesados en la feria de ciencias desde el principio, que estaba seguro de que no querrían tener nada que ver con ella y me dejarían hacer mis cosas solo. Pero incluso si estoy haciendo el proyecto solo, significaría mucho tenerlos allí conmigo. Tal vez sea una cruzada en solitario, pero eso no significa que no pueda contar con la ayuda de algunos aliados.

—Sí —replico—. Sí, eso sería genial.

—*Es agradable escuchar sus voces* —dice Ce.

No puedo contener la sonrisa, sobrecargada por el cariño hacia mis amigos. Había estado tan preocupado de que la Hermandad se viniera abajo, pero tal vez toda esa ansiedad era innecesaria. Porque aquí estamos, tan juntos como podemos estarlo, por primera vez en mucho tiempo, y parece que todo va a estar bien.

—Es agradable escucharlos a ustedes también —añado, y lo digo muy muy en serio.

CAPÍTULO CATORCE

MARTES 3 DE DICIEMBRE DE 1985

De alguna manera, las cosas están saliendo bien.

La Caja del Bardo no sólo funciona bien, sino que es apropiadamente *épica,* lo que me permite centrarme en armar mi presentación y mi cartel, y en prepararme para las preguntas de los jueces.

Estamos en el sótano de la casa de Mike después de clase para estudiar, en teoría, pues tendremos mañana un examen de historia. No sólo renuncié a eso para trabajar en mi proyecto, sino que también recluté a Mike para que me ayude a leer los componentes del texto que están en el pizarrón, porque siempre se le ha dado mejor el lenguaje que a mí.

Frunce el ceño, encorvado sobre los papeles que le entregué, garabateando círculos y subrayando con un bolígrafo. Espero, ansioso, removiéndome en mi asiento, pensando en que Mike terminará de leer y decidirá que todo el borrador debe ser lanzado a la basura a sólo unos días de la feria. Pero al cabo de unos insoportables minutos, ordena cuidadosamente las hojas, las golpea contra el escritorio para enderezarlas y me las devuelve.

—Encontré algunos errores gramaticales y los señalé —dice—. Pero el fondo es muy sólido, en verdad.

Sus cejas están levantadas, como si estuviera realmente impresionado, lo que me complace más de lo que quiero admitir.

Acepto los papeles y los reviso, tomando nota de sus correcciones, cosas que yo nunca habría detectado por mi cuenta.

—Muy sólido —repito, orgulloso—. Eso es básicamente una crítica delirante.

Mike ha estado distante en los últimos días, o distraído, o algo por el estilo. Al menos, no se había interesado por mi proyecto hasta ahora, así que la pequeña nota de elogio es alentadora.

—Siempre fue la parte de preguntas y respuestas de la presentación lo que acababa conmigo —rememora Lucas, utilizando un lápiz como marcapáginas y cerrando su libro de texto sobre él—. Pensábamos que estábamos bien preparados pero el señor Clarke nos asestaba con algo inesperado y fuera de contexto.

—Creo que podré improvisar una salida —digo, pero de pronto me pregunto si debería haberme preparado para preguntas más inusuales.

—Yo podría interrogarte sobre tu proyecto —se ofrece Lucas—. Como una entrevista de práctica.

Le lanzo una mirada a Mike, que ha abandonado la mesa para desplomarse en el sofá, con el libro de historia ya olvidado.

—¿Vamos a dejar todos de estudiar para el examen de historia? —pregunto, arqueando una ceja ante la pila de libros de texto abandonados—. O sea, no es que esté en contra, sólo quiero confirmarlo.

Lucas se encoge de hombros.

—Creo que si no sé algo a estas alturas, es seguro que no lo sabré mañana por la mañana.

—Si eso es verdad, estoy perdido —gime Mike.

—Ya no puedo seguir viendo un libro de texto —afirma Lucas—. Se me va a derretir el cerebro si intento leer una fuente primaria más.

—De acuerdo —digo—. Pero conste que si todos reprobamos este examen mañana, no será por culpa mía.

—No vamos a reprobar —asegura Lucas.

—Habla por ti —opina Mike.

Sin embargo, no parece estar muy molesto mientras hojea un viejo cómic de X-Men que sacó de algún montón del sótano.

—Vamos, hombre, haz tu presentación y yo te interrogaré —insiste Lucas, moviéndose en su silla para prestarme toda su atención.

Acomoda uno de los libros de texto en su regazo como si fuera un portapapeles y estuviera listo para evaluarme.

—De acuerdo —digo—. Pero no seas duro conmigo.

—De ninguna manera —promete Lucas—. Sólo las preguntas serán duras.

Pongo los ojos en blanco, pero no puedo evitar reír un poco. Es agradable sentir que mis amigos se preocupan de verdad por lo que estoy haciendo, ver cómo intentan mostrar interés y ayudar a su manera. Me aclaro la garganta y me preparo para mi presentación.

Pasamos alrededor de una hora con Lucas haciendo preguntas, desde lo razonable y técnico hasta lo más absurdo, y todo lo que hay en medio de eso. Después de un rato, me siento seguro de poder responder cualquier cosa que me planteen los jueces. Diablos, con mis amigos a mi lado, creo que puedo con cualquier cosa que me plantee el mundo.

▶

Cuando regreso de casa de Mike, mamá está en la sala viendo *60 Minutos* y se endereza para decirme que hay una carta de Will en el mostrador de la cocina.

Dejo caer la mochila, tomo un vaso de agua y me apoyo en la isla de la cocina mientras abro el sobre. Pero no es una carta completa, sólo una breve nota que acompaña a un trozo de papel vitela grueso con ilustraciones.

La nota dice:

Nov. 30, 1985

Querido Dustin,

¡Buena suerte en la feria de ciencias! Si no
es demasiado tarde para añadirlo a tu cartel,
esto es algo en lo que estuve trabajando. Sin
presiones, al fin y al cabo, es tu proyecto.
¡Pero tal vez podría añadir algo de color y diversión!

En cualquier caso, espero que la pases lo mejor
posible en la feria y quiero que me lo cuentes todo
en cuanto acabe.

Saludos,

Will

Y luego, están sus ilustraciones: una hermosa e increíble tarjeta de presentación para mi cartel. Las palabras LA CAJA DEL BARDO están esbozadas en pulcra letra de imprenta, con intrincados adornos a ambos lados que parecen ondas sonoras en un arcoíris de colores. Es tan impresionante que podría llorar. Se me estruja el corazón de gratitud porque Will pueda seguir formando parte del proyecto, incluso desde California.

Estoy deseando añadirlo a mi cartel. ¡Estoy deseando que llegue la feria de ciencias! Y estoy deseando compartirla con mis amigos.

NERDS + FREAKS

CAPÍTULO QUINCE

MIÉRCOLES 4 DE DICIEMBRE DE 1985

En general, todo va muy bien de cara al fin de semana de la feria de ciencias. Entre el arte gráfico de Will, las correcciones de Mike y la minuciosa preparación para la entrevista de Lucas, se siente como si estuvieran haciendo el proyecto conmigo. Lo mejor de todo es que Lucas y Mike estarán en la feria para animarme.

Me siento en la cima del mundo, como si nada pudiera derribarme. Ni siquiera…

—¡Entré en el equipo de basquetbol!

Mike y yo estamos almorzando en la mesa del Club Fuego Infernal cuando Lucas se abalanza sobre nosotros, prácticamente vibrando de emoción. Nos giramos para mirarlo y el resto del Club Fuego Infernal continúa la conversación sobre la campaña de Eddie.

—Felicidades, hombre —le digo educadamente.

Aunque nos hemos reconciliado lo suficiente como para hablarnos, el entusiasmo que seguramente espera no es algo que yo pueda manejar. Intento sonreír, pero estoy seguro de que parece más una mueca de dolor.

—Sé que lo deseabas de verdad —añado.

No digo: *Por alguna infame razón.*

—Sí, supongo que oficialmente eres… como… uno de los deportistas —añade Mike, con aún menos entusiasmo del que yo había mostrado.

La emoción de Lucas vacila visiblemente ante nuestra deslucida respuesta.

—Sí, supongo que sí —dice, metiéndose las manos en los bolsillos. Su boca se tuerce y frunce el ceño mientras me observa—. Mira, como sea, el primer entrenamiento de la temporada es este sábado, así que…

—¿Me estás jugando una broma? —pregunto.

Por favor, por favor, que se trate de una broma.

Lucas cambia su peso a la otra pierna y mira alrededor de la cafetería, como si alguien pudiera abalanzarse y salvarlo de esta conversación en este momento.

—Lo lamento en verdad, amigo, pero no creo que pueda ir a la feria de ciencias.

—¿No puedes faltar al entrenamiento sólo esta vez? —le pregunto.

—Es un gran día de acondicionamiento y orientación —contesta Lucas, con el ceño fruncido, como si *realmente* lo lamentara, pero eso no cambia sus palabras—. Lo siento, Dustin, pero tú sabes lo importante que es esto para mí…

—¡*Esto* también es importante para mí! —exclamo.

El Club Fuego Infernal se calla al oír que levanto la voz, tomando nota del conflicto que se avecina.

—Espera, ¿qué está pasando? —susurra Gareth mientras se inclina detrás de mí.

—Déjalos, hombre —sisea Eddie.

—Mira, ¿tal vez puedas tan sólo salir de tu práctica un poco antes? —le propone Mike a Lucas—. Nancy me va a llevar a

Indianápolis por la tarde, después de su trabajo en el periódico, para la revisión y los premios y todo eso.

Lucas hace una mueca.

—En verdad, no quiero dar una mala impresión al entrenador, o al equipo…

—¿Y qué hay de tus *mejores amigos,* Lucas? —exijo—. ¿No tienes problema en causarles una mala impresión a *ellos*?

Lucas exhala un suspiro exasperado, sacude la cabeza y levanta las manos.

—Puedo… puedo hablar con el entrenador para salir *un poco* antes —dice.

Me animo enseguida.

—¿Hablas en serio? —pregunto—. ¿Estás seguro?

—Lo *intentaré* —promete Lucas—. Te dije que iría y sé que es importante para ti. Sólo que… ahora tendrás que aparecerte en al menos *uno* de mis partidos, *sin* quejarte. Me lo debes.

—Trato hecho —afirmo. Y como soy consciente de que es un sacrificio grande teniendo en cuenta las prioridades de Lucas en este año, añado—: Gracias. En serio.

—Claro —dice Lucas, sonriendo, pero la sonrisa no llega hasta sus ojos.

Me siento aliviado, pero Lucas pasa el resto del almuerzo callado.

▶

Estoy entusiasmado conversando con Suzie sobre la feria de ciencias, y sobre la reconciliación con mis amigos, y sobre Lucas y cómo fue aceptado en el equipo de basquetbol, cuando me deja caer la bomba:

—Eso no suena a reconciliación, Pastelito, suena a que no han hablado del problema en absoluto.

—¿De qué estás hablando? Hemos superado nuestros miedos y todo eso. Ahora estamos bien. Incluso felicité a Lucas por haber entrado en el equipo de basquetbol, aunque sigo sin entenderlo.

—Exactamente —dice Suzie—. *Sigues sin entenderlo. ¿Han hablado en verdad de por qué de pronto se interesó por el basquetbol? ¿O le has dicho por qué tienes tanto miedo de perderlo?*

—Eso no es… —resoplo—. Es que no lo entiendes. Esto es lo que hacemos nosotros: peleamos y nos reconciliamos, pero siempre somos amigos —aunque no hablemos de nuestros problemas, a menos que involucren monstruos interdimensionales o rusos malvados—. Además —añado—, van a ir a la feria de ciencias, así va a ser aún más épico y asombroso de lo que ya iba a ser.

—De acuerdo, Dusty —suspira Suzie—. *Pero, si tienes la oportunidad, ¿me prometes que hablarán de sus verdaderos sentimientos?*

¡Uff! Adoro a Suzie, pero entre ella y Robin ya he tenido suficiente charla sobre *sentimientos* para un año entero. Sin embargo, Suzie es un genio y la luz de mi vida por un fuerte motivo: suele tener razón.

—De acuerdo, entendido —acepto. Pero tengo la esperanza de que todo esté bien y no haya necesidad de llegar a eso—. Cómo sea, ¿en qué andas tú? ¿Ya configuraste tu computadora nueva?

—¡Ya! —responde entusiasmada. Ha estado tomando clases de computación en una universidad local, y su papá por fin le compró una computadora personal para uso doméstico. Es una locura pensar que ese tipo de tecnología pronto estará en casa de todo el mundo—. *Pero, en realidad, estaba leyendo*

el siguiente capítulo de Neuromante. *Si aún no lo has leído, ¿te lo puedo leer en voz alta?*

Y *ya* lo leí, claro, porque la mayoría de las veces doy prioridad a nuestro pequeño club de lectura por encima de mis tareas. Pero me encanta la voz de Suzie, y aprovecho cualquier excusa para escucharla, para pasar el rato con ella a través de las ondas de radio, como si no hubiera tanta distancia entre nosotros.

—Me parece perfecto —digo.

La línea se queda en silencio durante un minuto, presumiblemente mientras Suzie toma el libro y lo hojea para ubicarse donde se quedó.

Empieza a leer y permito que su voz me transporte a nuevos mundos.

TERCERA PARTE

NERDS + FREAKS

CAPÍTULO DIECISÉIS

SÁBADO 7 DE DICIEMBRE DE 1985

8:33 A.M.

Llega el día de la feria de ciencias y mi casa está vacía, salvo por mí y la gata Tews. Mamá se pasó toda la noche anterior colmándome de besos y abrazos, revoloteando a mi alrededor, preocupada pensando en si en verdad yo estaría bien sin ella. Actuaba como si se estuviera preparando para ir a la guerra por años y no tan sólo a Florida para pasar un fin de semana. A pesar de mi insistencia en que de alguna manera encontraría la forma de sobrevivir sin ella, dejó una nota en el mostrador con instrucciones detalladas y un recordatorio del número de la tía Kathy por si necesitaba contactarla. Por supuesto, termina con muchos buenos deseos para la feria de ciencias. Doy de comer a Tews, desayuno cereal y me preparo para el día.

En un instante, ya me encuentro junto a la puerta con la Caja del Bardo y mi cartel al lado, rebotando sobre mis talones y estirándome para ver cada coche que pasa. Finalmente, una camioneta se detiene frente a mi casa. Parece destartalada, casi en pedazos; quizá no sea del todo segura, pero no soy un amante de los coches, así que ¿quién soy yo para juzgar? La música —que ahora reconozco como Metallica— suena desde el interior a todo volumen. Salgo corriendo por la puerta y cojeo, sobrecargado con mi proyecto.

Eddie sale de la camioneta y se apresura a quitarme el cartel de las manos.

—Bueno, Henderson, hoy es el día —saluda, y abre las puertas traseras de la camioneta para que pueda meter todo ahí.

—Hoy es el día —acepto, con tanta emoción como inquietud en la voz.

Acerco la Caja del Bardo y la colocamos cuidadosamente en la parte de atrás. La camioneta está un poco desordenada: la abarrotan otros equipos musicales y una diversidad de cosas, entre ellas, unos calzoncillos que *no* quiero acercarme a investigar.

Estoy nervioso, no sólo por la feria, aunque eso sin duda es parte de ello, sino por todo lo que me pueda deparar el día. Ya siento la ausencia de mis amigos, pero intento alejar su traición de mi cabeza. Lo que me deja a solas con Eddie, quien todavía no puedo creer que haya aceptado ayudarme para empezar. Estoy agradecido, pero no logro evitar sentir que le estoy pidiendo demasiado, y estoy decidido a ser el mejor compañero de viaje posible.

Eddie se para delante de la puerta del copiloto, impidiéndome entrar. Levanta la barbilla para mirarme por encima del hombro y me analiza.

—Nos espera una gran aventura —dice con su voz de Amo del Calabozo, lo que me hace ponerme en guardia al instante—. Un camino traicionero se despliega frente a nosotros. Tal vez encontremos obstáculos. Tal vez *incluso* haya *monstruos*. ¿Estás seguro de que estás preparado para embarcarte en este viaje?

No puedo evitar una sonrisa.

—Un gran riesgo conlleva una gran recompensa —admito—. Estoy listo para aventurarme.

—Muy bien —dice Eddie y, reprimiendo su propia sonrisa, hace un gesto amplio hacia el asiento del copiloto—. Tu carroza aguarda.

Él se aparta y vuelve al lado del conductor, yo me subo al asiento del copiloto y entonces la camioneta se lanza a la carretera a una velocidad que me parece cuestionable, pero educadamente omito mencionar.

Y allá vamos.

La anticipación me invade y Eddie sube el volumen de una canción que no conozco; el pulso eléctrico de las guitarras no hace sino darme más energía. Al cabo de un minuto, estamos en la autopista, con un camino abierto extendiéndose frente a nosotros y el sol de la mañana comenzando su ascenso en el cielo.

Escarbo en mi mochila llena de *snacks* hasta que encuentro mi fiel brújula y el mapa, donde tengo la ruta y las direcciones planificadas.

Eddie suelta un silbido bajo, impresionado, cuando despliego el mapa.

—Amigo, eres todo un navegante —afirma.

—Sólo cumplo con mi deber de copiloto —respondo—. Y prometí golosinas, así que tengo un botín completo. Si quieres papas fritas, dulces o refrescos, aquí tengo de todo.

No le digo que gasté casi todo el dinero que me dio mamá para la comida del fin de semana en una gran variedad de golosinas. No estaba seguro de lo que Eddie querría, así que compré un poco de todo... y tal vez me haya pasado.

—Suena bien, amigo —dice Eddie—. Y yo te dije que la música iría por mi parte... estás escuchando ahora mismo una mezcla personalizada de viaje por carretera hecha por tu servidor. Algunas cosas ya las conoces, otras son para continuar con tu educación de rock.

Como si hubiera dado la señal de entrada, la canción cambia de una que no reconocía a otra que definitivamente conozco, con un fraseo de guitarra icónico. Sonrío mientras miro por la ventana. Observo cómo Hawkins desaparece a nuestras espaldas y al frente aparecen interminables campos de maíz. Entra la batería, y recuerdo el consejo de Eddie —*si no estás sacudiendo la cabeza, no cuenta*— y empiezo a mover la cabeza al ritmo.

Eddie me lanza una sonrisa y empieza a asentir también con la cabeza.

La voz rasposa entra en escena y Eddie empieza a cantar también, y sube todavía más el volumen de la música hasta que cada golpe de la batería retumba en el coche y vibra en mis huesos. La risa burbujea en mi pecho, ligera y libre. Decido probar a tocar la batería, moviendo mis manos en el aire en un intento de seguir el ritmo. Cuando la música llega al estribillo, Eddie golpea el volante con las palmas de las manos. Me uno a cantar el estribillo, porque lo conozco.

Gritamos a pleno pulmón la letra de la canción mientras corremos por la autopista. Eddie incluso logra hacer un buen solo de guitarra en el aire antes de que le dé un puñetazo en el brazo.

—¡Las manos en el volante, Munson! —tengo que gritar por encima de la música—. No hay nada de metal en un homicidio imprudencial vehicular.

—¿Estás bromeando? —dice Eddie—. Homicidio Imprudencial Vehicular… suena como un nombre totalmente mortal para una banda de metal.

—¿Un juego de palabras intencional? —pregunto.

—¿Qué?

—¿Totalmente mortal? —digo—. *¿Mortal?* ¿No?

Eddie me mira durante un largo instante, sacudiendo la cabeza como si estuviera decepcionado, pero luego su expresión se transforma en una vacilante sonrisa contenida. Al cabo de un rato, echa la cabeza hacia atrás riendo.

Suelto una risita, y para entonces el estribillo vuelve a sonar, así que volvemos a cantar a pleno pulmón.

▶

Estoy casi colgado de la ventanilla con la cabeza apoyada sobre mis brazos cruzados, mientras Eddie echa gasolina a la camioneta. Pasamos alrededor de media hora rockeando al ritmo de la música, y luego comencé un juego de "Preferirías" para pasar el rato.

—¿Preferirías —empiezo— luchar contra un pato del tamaño de un oso lechuza o contra cien osos lechuza del tamaño de un pato?

Eddie, acomodando la boquilla de la bomba de gasolina en su lugar, no duda.

—Oh, osos lechuza tamaño pato, sin duda.

Mi cabeza se levanta de la almohada de mis brazos.

—De ninguna manera —digo, escandalizado—. ¿Por qué?

Eddie levanta las cejas y se burla mientras mete la mano por la ventanilla para tomar su bolsa de papas fritas abandonada en el asiento del conductor.

—¿Has visto alguna vez a un pato a los ojos?

—No puedo decir que haya hecho algo así —contesto.

—Bueno, son malvados. Pura maldad —afirma, comiendo con gesto distraído sus papas fritas y bombeando la gasolina—. Al menos los osos lechuza son neutrales...

—¡No, basta, no! ¡Te equivocas! —estallo—. Estás tan increíblemente equivocado que ni siquiera es gracioso.

—¡Ésa es mi opinión! —tiene la boca llena, así que las palabras salen amortiguadas y salpica migas de papas fritas hacia mí—. Me hiciste una pregunta, ésa es mi respuesta.

Prácticamente salgo tambaleándome por la ventana, ofendido por su decisión.

—¿Crees que puedes con *cien* osos lechuza, Eddie? —exijo—. ¿*Cien*?

—¡Son del tamaño de un pato! Sería como jugar Whac-A-Mole, me los llevaría a todos juntos de un manotazo —lo ilustra con un gesto como si estuviera blandiendo un bate de beisbol.

—Los osos lechuza tienen una clase de armadura además de la cota de malla, amigo mío —señalo.

—Y los patos —dice Eddie— tienen ojos que pueden mirar en tu alma y causar daños psíquicos *irreparables*.

La bomba de gasolina hace clic para decirnos que el depósito está lleno y listo. Eddie me lanza una mirada fulminante, gira para volver a colocar la boquilla en el gancho de la bomba y tira la bolsa vacía de papas fritas a la basura.

El asombro se apodera de los bordes de mi indignación cuando me doy cuenta de que Eddie habla en serio. Me contengo durante un largo minuto hasta que él vuelve al lado del conductor, entra, cierra la puerta de golpe y gira la llave. Finalmente, pregunto, encantado...

—¿Deberíamos hablar acerca del pato?

—No te preocupes por eso —dice Eddie—. Preocúpate por ti, y por el pato del tamaño de un oso lechuza con el que tienes que luchar.

▶

Tras una hora de camino, aprendí que a Eddie le gusta conducir *rápido*, así que cuando de pronto reduce la velocidad al límite de la autopista, casi me preocupo.

—¿Todo bien? —pregunto.

—Sip —contesta, levantando una mano del volante para señalar al frente, a un puente que cruza la autopista—. Éstos suelen ser trampas de velocidad.

No estoy seguro de lo que quiere decir hasta que pasamos por debajo del puente y, en efecto, descubro que hay una patrulla estacionada a un lado de la carretera. Eddie la saluda moviendo los dedos.

En cuanto el puente y la patrulla dejan de verse en el retrovisor, Eddie pisa el acelerador y nos devuelve a un ritmo temerario.

—¿Cómo lo supiste? —pregunto.

—Si conduces por las autopistas las veces suficientes, vas descubriendo sus pequeños trucos —responde—. Aunque eso se lo debo atribuir al bueno de papá. Ésta es una de las únicas cosas útiles que me enseñó.

Resoplo y suelto una carcajada.

—Las únicas lecciones de vida que yo aprendí de papá fueron cómo *no* actuar.

—Brindo por ello —dice Eddie, dando un trago a su lata de Coca-Cola. Luego—: No mencionas mucho a tu padre.

Me encojo de hombros. No hablo mucho de papá y ni siquiera pienso mucho en él.

—Ahora vive en Illinois. En realidad, no mantenemos ningún contacto.

—Ah, ¿otro miembro del club de los padres irresponsables? —pregunta Eddie con un gesto compasivo.

—O sea, ¿algo así? Tan sólo era más bien… ¿un cretino? —respondo—. Engañó a mamá cuando yo era niño, se divorciaron, ella decidió que nos mudáramos a Hawkins, donde ambos habían crecido, y eso fue todo.

Yo era demasiado niño de mamá a esa edad para perdonar a papá, y a él no le importó lo suficiente como para superarlo, así que ahora nuestra relación es inexistente.

Eddie suelta un silbido bajo que parece decir *caramba.*

—Suena a que es un cretino —afirma.

—Ah —digo—. No me molesta mucho.

En lo que a mí respecta, papá no tiene nada que ver conmigo. En todo caso, la forma en que trató a mamá me hace estar más decidido a tratarla mejor, y a Suzie también. No quiero parecerme en nada a él.

Todo lo que me hace ser *yo* se lo debo a mamá, a mis amigos y a *mí.* Walter Henderson no tiene derecho a reclamar lo increíble que soy, muchas gracias.

—Bien por ti, hombre —dice Eddie—. Hey… —toma su lata de Coca-Cola y la extiende hacia mí en señal de brindis—. Que se jodan, ¿cierto?

—Sí —río, golpeando mi refresco contra el suyo—. Que se jodan.

▶

Tal vez sea por la excesiva cantidad de frituras Bugles que he comido en la última media hora, pero cuando nos acercamos al centro de convenciones de Indianápolis y veo los primeros indicios de la feria de ciencias a nuestro alrededor —unas cuantas personas que se dirigen en la misma dirección transportando proyectos y carteles con familiares y amigos a cuestas— me invade una excitación nerviosa. En mi cabeza revolotean los mejores y los peores escenarios por partes iguales. ¿Y si odian tanto el proyecto que me prohíben regresar? ¿Y si les encanta y gano y, por si fuera poco, me prometen una carrera en una gran empresa tecnológica después de graduarme? ¿Y si enciendo la Caja del Bardo delante de los jueces y entra en combustión espontánea? ¿Y si...?

—Hey, ¿le estás enseñando a esa lata quién manda aquí? —pregunta Eddie, y su voz me saca de mis pensamientos.

Parpadeo rápidamente para volver a enfocarme, apartando la mirada de las calles de Indianápolis. Y me doy cuenta de que he estado descargando mis nervios en la lata de refresco vacía, que ahora está toda arrugada y deforme en mi mano.

—Creo que comí demasiada comida chatarra —respondo.

Estamos llegando al nuevo centro de convenciones, todo cristal, acero y ladrillo, con ventanales interminables. Es un edificio impresionante, enorme y muy diferente de todo lo que tenemos en el pequeño pueblo de Hawkins. La entrada está llena de gente y trago saliva con fuerza. Me siento como si estuviera contemplando la entrada a un calabozo que *sé* que va a acabar con los recursos de la Hermandad.

—¿Sabes? Está bien sentirte nervioso —me reconforta Eddie.

—No estoy nervioso —miento.

—Claro —dice, evidentemente sin creerme, pero siendo amable—. Pero si *lo estuvieras,* estaría bien.

No estoy de acuerdo. Se siente tan infantil estar nervioso por una feria de ciencias. Apuesto a que Eddie no se pone nervioso por *nada.*

—Lo sé —mi voz se vuelve tan aguda como sólo lo hace cuando miento.

Eddie hace girar la camioneta hasta el estacionamiento del centro de conferencias y se abre paso entre un mar de coches, buscando un espacio libre.

—Déjame contarte un secreto —me confía Eddie—. Todavía me pongo nervioso antes de *cada* concierto con Ataúd Oxidado.

—No te puedo creer —protesto.

—Lo juro por Dios —dice con la mano sobre el pecho—. No importa cuántas veces lo haya hecho, o cuántas veces hayamos ensayado las canciones del repertorio, siempre hay un momento antes de empezar en el que me quedo con la guitarra y pienso: *¿Voy a hacer esto, en serio?*

Es raro pensar en Eddie así, cuando por lo general parece tan audaz y temerario. Pero supongo que todo el mundo tiene miedo de algo.

—Y... ¿cómo te animas a hacerlo? —pregunto.

—Sinceramente, no tengo ni maldita idea —resopla Eddie—. No soy valiente, hombre, no me enfrento a mis miedos. Yo sólo... amo la música, más de lo que le temo a todo lo demás.

Y creo que lo entiendo. Creo que la ciencia puede ser así para mí.

—Y entonces, de repente, ya estoy tocando, y mis amigos están ahí arriba conmigo, y todo está bien —termina.

Miro a Eddie, que gira el volante, cruzando las manos, para estacionarse, y le agradezco que esté aquí conmigo porque así no tengo que hacerlo totalmente solo. Tal vez mis amigos llegarán más tarde, pero Eddie está aquí ahora, y algo cuenta.

Cuenta mucho, en realidad.

Eddie estaciona la camioneta y se vuelve hacia mí.

—¿Entonces? —me pregunta.

Asiento con la cabeza, un pequeño movimiento al principio, que enseguida se vuelve más seguro.

No abandonaré esta búsqueda. Emprendí una misión y la terminaré.

—Bien —respondo, armado de valor—. De acuerdo. Hagámoslo.

S
T
NERDS + FREAKS

CAPÍTULO DIECISIETE

SÁBADO 7 DE DICIEMBRE DE 1985

10:04 A.M.

El centro de convenciones es aún más abrumador una vez que estás dentro. Unas pancartas dan la bienvenida a la Feria de Ciencias e Ingeniería de Indiana, las paredes están adornadas con carteles del evento con datos científicos divertidos y las mesas de inscripción se alinean en la pared del fondo. Y en el centro hay un mar de gente con proyectos de cualquier índole. La gente lleva de todo, desde volcanes de bicarbonato de sodio hasta turbinas de viento caseras y catapultas, pasando por voluminosos artilugios que ni siquiera consigo identificar desde lejos. Y, por supuesto, todo el mundo trae una cartulina.

Por todos lados, puedo ver ciencia. Estoy positivamente *rodeado* por nerds. Es suficiente para marearme.

Eddie viene detrás de mí y me deja dirigir el camino. Lleva mi cartel bajo el brazo y yo arrastro con cuidado la Caja del Bardo. Él también lo está asimilando todo, y no puedo evitar fijarme en lo fuera de lugar que parece estar entre los tantos tipos de cliché nerds. Apuesto a que es la única persona del edificio que lleva algo de cuero.

Mientras me dirijo a la mesa de inscripción de los apellidos F a J, la multitud que nos rodea se desplaza para darnos paso, y me doy cuenta de que más de una persona mira a Eddie con escepticismo. Entiendo que es un tipo de aspecto aterrador, pero es un poco exagerado que la gente se disperse como si fuéramos contagiosos.

—Público difícil —murmura Eddie.

—No hay mucha coincidencia entre los nerds de la ciencia y los metaleros, supongo —digo.

—Wheeler y tú no eran mucho mejores cuando nos conocimos —me recuerda Eddie.

Lo cual es bastante justo, pero sólo puedo esperar que la gente de aquí vea a Eddie como algo más que el tipo de aspecto aterrador que parece ser a primera vista.

Me detengo ante la mesa de inscripción.

—Apellido, Henderson —le digo a la mujer—. Dustin Henderson.

Busca entre las carpetas de un archivero, pasando el dedo por todas las H antes de encontrarme.

—Ah, aquí estamos —dice, sacando una carpeta y extendiéndola hacia mí—. ¿Y éste es el señor Henderson padre? —mira a Eddie con recelo.

Eddie saluda alegremente.

—Nop —aclaro, ofreciéndole una sonrisa y ningún detalle más.

—Correcto —afirma ella, insegura, desviando su atención de Eddie y volviendo a la carpeta—. Bueno, ahí tienes el programa del día, la etiqueta con tu nombre, el puesto que te han asignado en la sala de exposiciones y el grupo al que perteneces para las sesiones de evaluación. Tendrás que preparar tu puesto, pero hay tiempo de sobra para hacerlo, además de charlar con tus colegas científicos y echar un vistazo a los expositores de todos nuestros patrocinadores e invitados especiales. ¿De acuerdo?

—Suena genial —digo, metiéndome la carpeta bajo el brazo, con las manos ocupadas con la Caja del Bardo—. Gracias.

Me giro para averiguar cómo llegar a la sala de exposiciones, ansioso por dejarlo todo listo antes de salir a explorar. Veo la señal que indica adónde tenemos que ir, pero no avanzo mucho antes de que Eddie me tome del brazo.

—Hey, tengo que ir a orinar —suelta—. Te encontraré en tu puesto, ¿de acuerdo?

Siento un extraño impulso infantil de decir: *No me dejes,* pero ésta es una cruzada en solitario y, algunas veces, ni siquiera tus aliados más cercanos pueden ayudarte. Así que dejo a Eddie para buscar mi lugar, con la Caja del Bardo y el cartel a cuestas.

Cuando llego a la sala de exposiciones, me encuentro con lo que parecen interminables filas y filas de mesas, innumerables estudiantes acomodándose en sus puestos y colocando sus presentaciones en su lugar con ayuda de amigos y familiares. Mientras busco mi puesto, echo un vistazo furtivo a los proyectos por los que paso. Algunos de los carteles son realmente imaginativos y bien ilustrados, otros son más sencillos y simples. Algunos proyectos tienen pantallas o dispositivos o componentes en vivo, otros sólo fotos y su presentación. Representan un amplio abanico de ciencias, desde la ingeniería (como el mío) hasta la bioquímica y las ciencias medioambientales, pasando por todas las posibilidades intermedias. Algunos están completamente improvisados de formas fascinantes, como un coche Barbie motorizado con cuchillos pegados con cinta a ambos lados que se anuncia como una "podadora autodirigida". Pero se encuentra dentro de una jaula y sigue chocando con los barrotes con un constante *clang-clang-clang,* como si alguien se hubiera olvidado de incluir un mecanismo para hacerlo parar.

Dios, la ciencia es genial.

Encuentro el sitio que me asignaron, dejo la Caja del Bardo y exhalo, asimilándolo todo. El mero hecho de estar aquí, rodeado de tanta emoción, curiosidad y pasión, es estimulante. Y, claro, hicimos la feria de ciencias local durante toda la secundaria como una Hermandad, pero esto es a una escala diferente, un nivel completamente nuevo. Mike y Lucas van a *alucinar* cuando vean esto.

Veo a una chica que se acerca a un puesto vecino con dos grandes plantas en los brazos, que se tambalean al borde de caerse, así que me acerco corriendo, ansioso por distraerme. Agarro la planta más grande y frondosa justo cuando está a punto de volcarse.

—Ten cuidado —digo, levantando la maceta.

Sin el árbol frente a su cara, puedo ver que ella tiene el cabello largo y oscuro, y la piel morena, y me mira con los ojos muy abiertos. Con la mano ahora libre, se levanta los lentes de montura gruesa que se deslizan por su nariz.

—Gracias —me dice. Su voz es tranquila y amable, pero teñida de desconfianza, como si no comprendiera por qué la estoy ayudando.

Se acerca al puesto contiguo al mío, deja la planta y yo la sigo. Coloca las plantas sobre la mesa, pero no hay ningún cartel que explique su proyecto.

Echo un vistazo a las plantas, una de las cuales es una tomatera normal de hojas verdes. La otra es enorme y, de alguna manera, aún más verde, con hojas grandes y brillantes. En cada planta hay unos cuantos tomates rojos, pero en la superplanta los tomates son más grandes que un puño.

No sé mucho de jardinería, pero sé que, sea lo que sea lo que le hayan hecho a esa planta, es casi un milagro.

—Esto es increíble —digo, con auténtico asombro en mi voz.

—Gracias —vuelve a decir la chica y sigue moviéndose con desconfianza, mientras evita el contacto visual directo.

—Me llamo Dustin —me presento, con una amplia sonrisa. Señalo mi propio montaje—. Parece que somos vecinos.

—Soy Anika —responde ella.

No me da la mano, ni siquiera sonríe. No dejo que eso me disuada.

—¿Cuál es tu proyecto? Es como el Hulk de las tomateras —le comento.

Anika mira las plantas y luego vuelve a verme a mí.

—Investigué los efectos de varias soluciones en la planta con la esperanza de crear una vía sostenible hacia la seguridad alimentaria mundial —dice, lo que sólo me hace suponer que es su discurso ensayado o que simplemente habla así. No sé qué opción me asusta más. Señala las plantas—. Monitoreé estas plantas durante sesenta días de crecimiento. La más pequeña creció de forma natural. Para la más grande utilicé una pequeña cantidad de mi solución de crecimiento cada día. Creo que esta solución podría usarse para acabar con el hambre en el mundo para el año 2000.

—Oh, vaya —exclamo. Muevo el pulgar por encima del hombro en dirección a mi puesto—. ¿Yo hice una caja? ¿Que hace música? Se llama Caja del Bardo. Como... ¿como en Calabozos y Dragones?

De alguna manera, eso parece menos impresionante al lado de la planta de Anika que resolverá el hambre en el mundo.

—Bien —dice Anika—. Tengo que ir a recoger mi cartel.

Se da media vuelta en un movimiento brusco y se marcha.

La observo un momento, inseguro de si fue por algo que dije o si simplemente ella es… así.

—Caramba —escucho una voz detrás de mí.

Casi me sobresalto y me giro para ver quién es.

—¿Acabas de *hablar* con *Anika*? —me pregunta un chico.

—Maldición, me asustaste —replico, mientras veo que mi vecino del lado opuesto ha regresado a su exposición, que parece ser una especie de sistema de filtración de agua—. Pero… mmm… ¿sí? Supongo que sí.

El chico tiene la piel pálida y el cabello oscuro bien recortado. También va vestido de etiqueta, con saco y corbata y todo. No puedo evitar sentirme un poco mal vestido a su lado. Lo único que hice fue ponerme una camisa abotonada *un poco* más bonita que mi habitual camiseta gráfica que deletrea *genius* con elementos de la tabla periódica: germanio, níquel, uranio y azufre.

—Atrevido —dice el tipo, no sé si sobre mi atuendo o Anika o ambos—. Todo el mundo sabe que no debes hablar con Anika los días de feria, en absoluto.

Al principio río, asumiendo que está bromeando, pero su intensa mirada no vacila.

—Eh… mmm… ¿en serio? —pregunto—. ¿Por qué?

—Ella dice que necesita ubicarse en el espacio mental correcto —contesta el chico, alzando las cejas como si eso fuera ridículo—. Pero no es que ella lo necesite, ha asistido a la FICI los dos últimos años.

Me pierdo en ese momento. ¿Qué demonios es FICI?

—¿"FICI"? —pregunto.

—La Feria Internacional de Ciencias e Ingeniería —responde, como si fuera obvio.

—Oh —digo.

Me siento un poco fuera de lugar con este chico, y no es una sensación que me guste.

—¿Eres nuevo en esto? —pregunta.

No creo que esté intentando mostrarse condescendiente, pero es lo que parece.

—En esta feria en particular, sí —contesto—. He hecho ferias locales en mi escuela, pero ésta es... un poco diferente.

—Estoy seguro —dice—. Soy Brian.

Me tiende la mano. La tomo y prácticamente me arranca el brazo de cuajo con la fuerza con que me la estrecha.

—Dustin —me presento.

—Supongo que tú no vas a Eastwood, o te reconocería — añade Brian—. Conozco a casi todo el mundo.

—Mmm... no, ¿dónde es eso? Soy de Hawkins, en Indiana.

—Vaya, sí que eres novato —ríe—. ¿Academia Eastwood, en Ohio? No es más que la escuela centrada en ciencia y tecnología más prestigiosa de la región, si no es que del país. Mucha de la gente que está aquí va allá. Anika, por supuesto, y yo y mi compañero de proyecto, y un montón de gente que estuvo en la FICI el año pasado. Este material es nuestra sangre vital.

—Eso suena intenso —admito—. En mi escuela lo que más nos preocupa son los deportes y quién está teniendo sexo con quién y bajo cuáles gradas.

—Estoy seguro —afirma Brian, con tono un poco petulante—. Es agradable estar en un lugar donde ser inteligente también te hace ser genial.

—Imagino que sí —digo.

Pero es difícil imaginarlo, en realidad… ¿una *escuela* entera de nerds de la ciencia que se toman estas cosas en serio? Debe ser una utopía comparada con la primitiva preparatoria Hawkins. Sin deportistas contra nerds, sin jerarquías sociales absurdas, sólo gente que se preocupa por el conocimiento, la curiosidad y el asombro. Casi estoy salivando con la idea. ¿Y si ser inteligente te hiciera *genial,* en vez de un blanco?

—En fin, tengo que preparar todo para mi proyecto, pero ya nos veremos —dice Brian.

Antes de que pueda decir nada más, vuelve a su proyecto, despidiéndome, de hecho.

Anika vuelve a su puesto con su cartel, y yo me siento un poco avergonzado de que mis dos vecinos no me presten atención mientras trabajan diligentemente en sus proyectos para salvar el mundo. Son increíbles, pero me hace preguntarme si a la Caja del Bardo le falta algún tipo de criterio oculto de la feria. No es que no quiera hacer del mundo un lugar mejor, ¿pero no se puede hacer eso a través de cosas geniales? ¿A través de la diversión?

—Maldita sea, Henderson —la voz de Eddie llega de detrás de mí, y me llena de alivio—. No sé por qué me imaginaba un pequeño y lindo festival de nerds, pero esto es… como… auténtico.

—Y me lo dices a mí —respondo.

Estoy ridículamente orgulloso de la Caja del Bardo, pero ahora me intimida un poco el nivel de calidad de los proyectos que he visto hasta ahora. Tengo tantas ganas de hacerlo bien, de impresionar a mis amigos, de darles algo asombroso que puedan apoyar sobre todo cuando vienen desde tan lejos.

Pero empiezo a pensar que no tengo ninguna posibilidad, y que mis amigos van a venir aquí sólo para decepcionarse. Ya puedo imaginarme la expresión tensa de Mike, diciéndome algo sobre que ganar no lo es todo, como si eso fuera algún tipo de consuelo. Quizá piensen que ha sido una pérdida de tiempo un viaje tan largo de ida y vuelta. Quizá Lucas se arrepienta de haberme dado prioridad a mí y a mi feria antes que a su entrenamiento de basquetbol.

Salgo de mi espiral cuando algo se hace añicos al otro lado del pasillo. Se oye un grito ahogado y todo el mundo se gira hacia el ruido. Entonces...

Un grito agónico.

—*¡Mi telescopio!*

Es estridente, angustioso, seguido inmediatamente por sollozos.

No puedo ver nada más allá del mar de carteles, pero todos en el pasillo miran hacia el lugar de donde provino el sonido con preocupación y lástima. Dios, qué mala suerte. Si algo le pasara a la Caja del Bardo a estas alturas estaría devastado.

—Parece que la maldición empieza pronto este año —murmura Brian.

Me doy la vuelta y miro a Brian, que está alisando los bordes de los papeles pegados en su cartel.

—Lo siento, ¿maldición? —pregunto.

—Claro, no la conoces —dice, dejando su cartel para mirarme de frente—. Es una especie de leyenda en esta feria en particular. Todos los años, proyectos perfectamente buenos empiezan a fallar en el último minuto.

—Dios, qué mala suerte —murmuro con una mueca de compasión.

—No es sólo suerte —dice Brian con tono sombrío—. *Es real.*

—Vamos, ¿en serio? —le pregunto.

Él parece tan interesado en la ciencia que me resulta difícil creer que considere siquiera algo tan supersticioso como una maldición.

—En serio —afirma Brian—. Mira, ¿ves a ese chico? —señala a un chico que está barajando tarjetas, hablando solo, ensayando su presentación—. Es David Liu. El año pasado tenía este ecosistema de terrarios súper elaborado, pero, la mañana del gran día, se inundó y estaba demasiado mohoso para ser evaluado.

—Bueno, pero eso no significa nada —digo—. Tal vez era más fácil culpar de su error a una maldición que admitir que había metido la pata…

—Sí, pero el año anterior a ése —interrumpe Brian—, Heather MacArthur era una ganadora segura con este panel solar hecho con materiales reciclados. Hasta que se incendió de la nada, justo delante de los jueces, en medio de su presentación.

—Mierda —comento.

—No ha vuelto a asomarse a una feria desde entonces —asevera Brian, sacudiendo la cabeza como si fuera una gran pena.

—Quiero decir, suena improbable, claro —digo—, pero ¿no podría haber sido un accidente?

—Tal vez —admite—, pero el año anterior a *ése*, la primera vez que estuve aquí, me pasó a mí. Mi sistema de filtración de agua se atascó y una tubería esencial reventó y roció a un juez justo en el ojo. Tal vez nunca consiga olvidarlo.

Mi mente se mueve a mil por hora. Una vez es un error, dos veces es una coincidencia, pero tres fracasos de proyectos es un *patrón*. No sé si creo que haya una *maldición*. Quiero decir, todo el asunto de *las dimensiones alternas filtrándose en nuestro mundo* me hace abrirme a creer que en nuestras vidas están sucediendo muchas más cosas de las que podemos explicar, pero esa caja de Pandora en particular siempre ha sido específica de Hawkins. Maldición o no, sin embargo, *algo* está sucediendo aquí. Mentiría si dijera que la posibilidad de que eso ocurra no me emociona un poco: aquí hay un misterio real y genuino, y me considero especialmente calificado para descubrirlo.

—Este año es mi última oportunidad de redención antes de graduarme —comenta Brian—. Mi sistema de filtración está mejor que nunca, no voy a dejar que una maldición ni nada se interponga en mi camino.

No señalo que a las maldiciones teóricas probablemente no les importan las intenciones ni la redención, porque estoy demasiado ocupado pensando en el misterio que rodea todo esto.

—Claro —digo, ya distraído—. Buena suerte con eso.

Brian esboza una sonrisa sin entusiasmo antes de regresar a su proyecto, y yo me vuelvo hacia Eddie, que ha estado observando la interacción con expresión de desaprobación.

—¿Soy sólo yo, o ese chico era un poco idiota? —me pregunta Eddie en un susurro.

Le hago un gesto de desdén con la mano de inmediato, porque mi cerebro se está moviendo demasiado rápido, lleno de emoción, como para molestarme en responder a eso.

—Lo más importante aquí es: ¿escuchaste eso? Hay una *maldición*, Eddie —digo, quizá con demasiado entusiasmo.

—Sí, lo escuché —responde Eddie—. ¿Por qué pareces tan feliz por eso?

—¿No lo ves? *Ésta* es mi cruzada. ¡Ésta es la razón por la que estoy aquí! Tal vez no sea capaz de ganar la feria de ciencias, ¡pero puedo llegar al fondo de esto y salvar el día!

—Ah, ya veo —afirma Eddie—. Tu valiente cruzada tiene un nuevo objetivo: romper la maldición.

Dios, imagina lo emocionados que se pondrían Mike y Lucas si llegaran aquí y pudiera contarles que resolví un gran misterio, yo solo. Ya casi puedo imaginármelo: cómo se entusiasmarían, harían preguntas y exigirían que les contara toda la historia de mi aventura. Max también estaría allí, e incluso Will y Ce, llegados desde California, y corearían mi nombre y me alzarían sobre sus hombros y luego iríamos todos a jugar a Calabozos y Dragones como solíamos hacer, y…

Los altavoces chisporrotean en todos los rincones de la enorme sala de exposiciones, y una voz agradable nos informa:

—*Todos los asistentes, por favor, diríjanse al Salón C para el discurso de apertura, que comenzará en cinco minutos. Habrá más tiempo para prepararse antes de que comience la evaluación.*

Escudriño la sala y veo que la gente empieza a dirigirse lentamente hacia la salida, incluida Anika, aunque Brian juguetea con su cartel un momento más.

—¿Vamos? —pregunta Eddie, señalando con la cabeza hacia las puertas.

Pero justo cuando estoy a punto de asentir y salir, oigo gritos a mi izquierda.

—¡Frodo! ¡Frodo, vuelve aquí!

Al mismo tiempo, Eddie suelta lo que sólo puede describirse como un chillido.

—Oh, qué… ¡Maldita sea! —grita Eddie mientras casi tira mi mesa en su desesperación por alejarse de…

Un pato, que camina hacia él con total inocencia.

Parpadeo hacia el pato. El pato parpadea hacia mí. Suelta un graznido. Dejo la Caja del Bardo en el suelo y recojo al pato entre mis manos con tanta delicadeza como puedo.

—Por el amor de Dios, no lo toques —sisea Eddie.

Un chico se abre paso entre la multitud y se detiene delante de mí, jadeante.

—¡Frodo! —resopla, me quita el pato de las manos y lo acuna contra su pecho—. Oh, gracias a Dios.

Tiene el cabello claro, pecas y la cara redonda, y acaricia al pato con cariño. Cuando miro alrededor, descubro que Eddie se mantiene a varios metros de distancia, observando al pato con gran recelo.

—¿Ese pato se llama Frodo? —pregunto—. ¿Como Frodo Bolsón?

—Frodo Quackins —corrige el chico. Tiene un marcado acento sureño, lo que hace que su respuesta sea aún más graciosa.

—Vaya, es increíble —digo. Me agacho para arrullar al pato—: Te encuentras bastante lejos de la Comarca, ¿cierto? —luego, me dirijo al chico—: Eh, perdona a Eddie, le pasa algo con los patos, aparentemente.

El chico lanza miradas hacia Eddie, divertido, no intimidado en lo más mínimo. Pero supongo que ninguna cantidad de cuero y cabello largo puede compensar el hecho de ver a un hombre adulto acobardado ante un pato.

—No hay nada que perdonar, Frodo es un mordedor, así que asustarse es la respuesta apropiada —dice el chico, alisando una sección erizada de plumas, y Frodo le muerde los dedos como para probar su punto—. Gracias por atraparlo, en serio. De no ser por ti, habría tenido que dar vueltas por todo el edificio.

—Cacería de patos —no puedo evitar decir.

—¿Qué? —pregunta.

—*¿Cacería… de patos salvajes?*

Hago una mueca, pero el chico echa la cabeza hacia atrás y ríe.

—Tienes mucha razón, Dios mío —dice—. Soy Danny, por cierto. ¿Tú también eres primerizo?

—Dustin —me presento—. Y sí… ¿soy tan obvio o algo así?

—No, tan sólo pareces menos intenso que algunos de los chicos realmente competitivos —dice Danny encogiéndose un poco de hombros—. Mira, tengo que darle un poco de aire fresco al señor Quackins, o se rebelará e intentará escabullirse otra vez. Puedes acompañarme si no te importa saltarte el discurso de apertura. Frodo podrá enseñarte sus trucos y tú podrás enseñarme qué hace esa máquina misteriosa —hace un gesto con la cabeza hacia la Caja del Bardo que está detrás de mí, y yo sonrío.

Miro a Eddie, que se encoge de hombros en plan: *Tú eliges.* No es que quiera escaparme de la inauguración, aunque se trata sobre todo de tareas domésticas, pero no puedo decir que no me fascina la idea de que este pato haga trucos. Casi me pregunto si el *pato* podría estar arruinando proyectos. Como mínimo, quizá Danny sepa algo sobre esta maldición, y sería bueno conocer su perspectiva.

Además, es la primera persona que he conocido hasta ahora que no me da la sensación de estar valorándome a mí y a la Caja del Bardo. Es la primera persona que me pregunta por mi proyecto.

—Claro —digo—. Guíame, Frodo Quackins.

—¡Genial! —responde Danny—. Iré a recoger su correa, ¡dame sólo un segundo!

Danny sale corriendo con Frodo en brazos, en tanto yo sigo procesando el hecho de que haya *correas* para los *patos.*

Eddie vuelve por fin a mi lado con mirada avergonzada.

—Dejaré que te encargues de esto tú solo —admite—. Estoy a favor de que hagas amigos, pero ¿tiene que ser…?

Levanto las cejas, incapaz de ocultar mi diversión. Todo el mundo se cree que Eddie es tan duro, pero aquí está, inutilizado por una vulgar ave acuática.

—Hombre, no puedo creer que *en verdad* te den miedo los patos.

Me fulmina con la mirada.

—No digas ni una palabra de esto a *nadie,* Henderson, o te juro por Dios…

—Tu secreto está a salvo conmigo —le aseguro.

Sobre todo, porque nadie me creería.

▶

Danny y yo dejamos a Eddie para seguir a la multitud fuera de la sala de exposiciones. Llevo la Caja del Bardo a cuestas.

Frodo está enganchado a una correa y un arnés, ambos azules e injustamente adorables y se pasea delante de nosotros, mejor adiestrado que algunos perros que he visto.

Danny navega por los largos pasillos del centro de convenciones con facilidad, sacándonos del ajetreo central de las festividades de la feria y llevándonos a una zona más tranquila.

—Entonces, tengo que preguntar… —digo—, ¿por qué el pato?

Danny ríe.

—¿Por qué no? —pregunta—. Es divertido, ¿no lo crees?

—Sí, definitivamente —respondo—. Pero está muy lejos de todos los que están ahí tratando de resolver la crisis energética, o lo que sea.

Danny agita la mano con desdén, como si la crisis energética fuera un drama insignificante que no mereciera su atención.

—La ciencia se supone que tendría que ser divertida, si me lo preguntas. Creo que mucha de la gente de aquí olvida eso.

Asiento con la cabeza, pensando en la tranquila intensidad de Anika y la actitud de santurrón de Brian, transmitida a través de comentarios pasivo-agresivos.

—Sí, lo entiendo —replico.

Llegamos al final de un pasillo donde hay unas puertas que dan a un muelle de carga. Danny abre la puerta y me hace un gesto para que pase antes de seguir con Frodo.

La zona está apartada y nos deja en un área tranquila entre edificios.

—Pero para responder seriamente a tu pregunta —dice Danny mientras saca del bolsillo un paquete de plástico. Se echa en la mano una mezcla de semillas y maíz, la esparce por el suelo y Frodo empieza a picotearla con avidez—. Ayudo en la granja de mi familia con todos los animales, allá en Kentucky, y los adoro, obviamente. Pero también me encanta la ciencia, ya sabes, y cómo puede cruzarse con la agricultura para mejorar las cosas en la granja, tanto para los animales como para las personas —se enciende de pasión al hablar de ello y sonríe a Frodo como un padre orgulloso—. En cuanto a Frodo, es casi la criatura más inteligente que he conocido, y pensé que sería estupendo demostrarlo.

—Nunca hubiera pensado que los patos son especialmente inteligentes —admito.

Danny se acuclilla junto a Frodo y le cubre los lados de la cabeza, donde se supone que tendrían que estar sus orejas.

—¡No digas esas cosas donde Frodo pueda escucharte! —jadea—. Él es muy sensible.

El pato no parece inmutarse y se quita de encima las manos de Danny para seguir picoteando un trozo de maíz en el suelo.

—Lo siento, Frodo —digo, escarmentado y divertido a la vez—. Estoy seguro de que eres muy capaz.

Danny sonríe, satisfecho, y se levanta. Extiende la mano sobre la cabeza de Frodo.

—¡Frodo, choca esos cinco! —ordena.

Frodo salta revoloteando ligeramente las alas y golpea con el pico la mano de Danny. Me río, fascinado.

Danny mantiene la mano extendida, con la palma hacia arriba.

—Sube —dice, y las alas de Frodo aletean con fuerza mientras salta y aterriza en la mano extendida de Danny, con cara de contento—. Buen pato.

De acuerdo, todo este asunto es ridículo, pero estaría loco si no me impresionara.

—Es lo más genial que he visto nunca —exclamo—. De hecho, yo también tengo algo de experiencia con animales.

Me acuerdo de D'Artagnan, el demodogo que acogí, y de nuestro vínculo, forjado gracias al poder del turrón, antes de que Ce cerrara el portal y Dart, presumiblemente, muriera.

Espero que tengan chocolates en el cielo de los monstruos.

—¡Oh, increíble! ¿Con qué animales trabajas? —pregunta Danny, dejando que Frodo vuelva a bajar para seguir con su comida.

¿Me creerías si te dijera que es una criatura de otra dimensión? No lo digo.

Criar a un Demogorgón cuyo único truco era *no* matarme a mí y a mis amigos es un poco diferente a un pato que puede chocar los cinco. Por supuesto, todo eso es información clasificada, así que me la trago, aclarándome la garganta.

—Eh... yo sólo... ya sabes, los gatos de mamá —intento no estremecerme ante mi propia idiotez y me apresuro a cambiar de tema—. ¿Cómo fue que se te escapó Frodo? No crees que tenga que ver con la maldición, ¿verdad?

—Dios mío, no —dice Danny—. No, se salió solo. Mamá me dijo que me arrepentiría de haberle enseñado a abrir su jaula. De todos modos, no creo en eso de las maldiciones.

—¿Por qué no? —pregunto.

—Oh, ¿en la vieja granja de mi familia? He visto fantasmas, y he visto maldiciones. Y lo que pasa aquí no es eso.

Intento procesar la ligereza con la que habla de fantasmas y maldiciones, pero con mis propias experiencias con lo sobrenatural, ¿quién soy yo para juzgar?

—Espera, entonces, *¿sí* crees en maldiciones? —pregunto—. ¿Tan sólo no crees que *ésta* sea real?

—Dios, se trata tan sólo... del típico acoso entre adolescentes, si me lo preguntas —responde Danny, encogiéndose de hombros—. Las cosas se vuelven demasiado competitivas, la gente empieza a sabotearse entre sí. Las maldiciones son antiguas, son naturales. Esto es demasiado sólido. Hecho por el hombre. ¿Entiendes a lo que me refiero?

Y, de alguna manera, sí, lo entiendo.

—Sólo espero que se mantengan alejados de Frodo —continúa Danny—. Y... eh... de ese aparato tan novedoso que tienes ahí, claro. ¿Para qué sirve?

Empiezo a centrarme en la Caja del Bardo, dispuesto a lanzarme a la explicación y demostración que he ensayado, pero hay algo en la idea de un saboteador en serie suelto que no me convence. Porque no pueden sabotear la Caja del Bardo cuando está aquí conmigo. Pero entonces...

Hijo de puta.

—Hay toda una sala de proyectos abandonada durante el discurso de apertura —me doy cuenta—. Si alguien está saboteando proyectos, ésta sería la oportunidad perfecta.

La idea me estremece y me doy cuenta de que *estoy emocionado.* Tal vez eso esté mal, cuando hay alguien suelto causando estragos. Pero hay un propósito en el caos, y siempre he prosperado bajo presión. Si aquí hay un misterio que resolver, maldita sea, yo voy a resolverlo.

Los ojos de Danny se abren de par en par.

—No creerás que...

—Agarra a Frodo —digo, ya en movimiento—. Vamos a atraparlos en el acto.

—Vaya —dice Danny, corriendo detrás de mí—. ¡Esto es todo un... *plan*! —suena encantadoramente fascinado—. Lo más emocionante que me pasa en la granja es cuando las cabras se pelean entre ellas.

—Ciertamente, ya no estás en Kansas —digo—. O... mmm... Kentucky.

Frodo grazna, como si estuviera de acuerdo.

Tomo la Caja del Bardo, Danny toma a Frodo y volvemos a entrar con un nuevo propósito.

Esto ya no es sólo una feria de ciencias; hay un saboteador entre nosotros.

Y somos los únicos que podemos detenerlo.

▶

Atravesamos las puertas de la sala de exposiciones y nos encontramos con hileras de proyectos y ni una sola persona a la vista.

No sé qué me esperaba: ¿alguien disfrazado de ladrón cortando cables o robando componentes vitales, tal vez?

Pero no hay nada, ni nadie.

—Eh —dice Danny—. Bueno, esto fue anticlimático.

Frunzo el ceño mientras me aventuro por una de las filas, mirando alrededor en busca de algo fuera de lugar. Pero todo está tranquilo, en silencio, normal.

—Sí, supongo que sí —digo.

En ese momento, un clic resuena en el pasillo al abrirse unas puertas. Actúo por puro instinto, agarro a Danny y de inmediato tiro de él para quedar agachados detrás de una mesa. ¿Y si es el saboteador? ¡Podemos atraparlo *in fraganti*! Me apresuro a presionar el botón de la Caja del Bardo que inicia una nueva grabación. Danny abre la boca para decir algo, pero me llevo el dedo a los labios para indicarle que debe quedarse callado.

—¿Y si alguien la encuentra? —dice una voz.

Aunque están al otro lado de la gran sala, la voz resuena en toda la habitación, clara como el día.

—No la van a encontrar —dice otra voz—. Sólo unas cuantas personas *saben* sobre la sede del club.

No tengo ni idea de qué están hablando, pero sus voces bajas y el hecho de que estén aquí en lugar de la sala donde dan el discurso inaugural me indican que no es nada bueno. La segunda voz no me es del todo desconocida, pero no consigo ubicarla. Hoy he oído muchas voces nuevas.

—¿Por qué no simplemente la destruiste?

Me estoy armando de valor para asomarme detrás de la mesa y ver qué pasa cuando…

Frodo suelta un sonoro graznido.

Se hace un largo silencio. Entonces…

—¿Oíste eso? —susurra alguien.

—Creo que es un pájaro que se ha metido o algo así —sisea la otra persona—. Vamos, volvamos antes de que la gente se dé cuenta de que nos fuimos.

El sonido de los pasos se desvanece, se oyen las puertas abrirse y cerrarse de nuevo, y por fin suelto un suspiro.

—¿Crees que ésos eran…? —Danny comienza.

—¿… los que están saboteando los proyectos? —termino yo. Luego—: Justo así sonaba.

Salimos de debajo de la mesa, Frodo se contonea alrededor, felizmente ignorante. Me dirijo hacia donde las voces estaban hace un momento, buscando averiguar qué estaban haciendo. No veo nada hasta que…

—Oh, no —dice Danny.

Sigo la línea de visión de Danny y se me corta la respiración cuando pienso que está mirando *mi puesto*, a pesar de que llevo la Caja del Bardo conmigo. Pero no es mi puesto. Es el puesto de al lado.

Donde antes había estado una tomatera monstruosamente grande, ahora hay una planta triste, marchita, arrugada y decididamente *muerta*. No es sólo la planta opuesta a la que vi antes en el puesto de Anika, sino una por completo distinta, con una maceta diferente y sin un solo tomate a la vista.

—¿Qué hacemos? —pregunta Danny—. ¿Deberíamos… decírselo a alguien?

¿Y si alguien la encuentra?, preguntó la voz. Lo que significa…

—Tenemos que encontrar a Anika —digo—. Creo que su planta sigue en algún lugar, ahí afuera —le doy una palmadita a la Caja del Bardo—. Y creo que los responsables están en esta grabación.

CAPÍTULO DIECIOCHO

SÁBADO 7 DE DICIEMBRE DE 1985

11:16 A.M.

Danny y yo volvemos al vestíbulo principal a la misma hora en que termina el discurso de apertura. Todo vuelve a bullir y la gente se dispersa en todas direcciones, dirigiéndose a sus puestos, a la sección de patrocinadores o a uno de los talleres. Con tanto tráfico, Danny levanta a Frodo para abrazarlo. Yo escudriño a la multitud, atento a cualquier otra cosa que no esté bien, mientras buscamos a Anika.

Veo a Eddie cerca de la entrada del vestíbulo, apoyado contra una pared, con un aspecto lo bastante amenazador como para que la gente prefiera rodearlo, como si su burbuja personal tuviera un radio impenetrable de metro y medio. Lo saludo con la mano y él me saluda en respuesta. Nos reunimos con él y nos quedamos junto a las puertas de la exposición, observando a la gente que entra.

—Bueno, te perdiste del fascinante discurso de un reclutador escolar con pajarita y bigote retorcido —dice Eddie, y luego mira a Frodo cautelosamente, con la nariz arrugada, manteniendo una distancia prudente—. Veo que el pato sigue presente.

Ni siquiera me molesto en reconocer esta obvia afirmación.

—Hola —saluda Danny, tan alegre como siempre, ajeno o simplemente sin importarle el desdén de Eddie.

—Actúa como si nada —le digo a Eddie, mirando alrededor para asegurarme de que todo el mundo está enfrascado en sus propias conversaciones—. Todo está *bien*.

—Todo *está* bien —ríe Eddie—. Quiero decir, aparte de la situación del pato.

—Escuchamos a unos tipos hablando sobre sabotear el proyecto de alguien —le digo en un susurro—. Estamos buscando a cualquier posible sospechoso.

—Perdona, ¿qué? —dice Eddie, con la voz alta y aguda—. ¿Sospechosos? ¿Sabotaje?

—Te dije que *actuaras de forma casual* —siseo—. Y sí, sígueme el ritmo.

Eddie pone los ojos en blanco, pero enseguida adopta un gesto neutral.

—¿Podrías desglosarlo para los no-genios que podrían estar aquí presentes en la habitación? —pregunta.

—Vamos a hacer un equipo épico para detener a los chicos malos antes de que sea demasiado tarde —dice Danny, sin molestarse en disimular lo más mínimo su alegría—. ¡Vamos, equipo!

—Vaya —exclama Eddie—. Eres... alegre.

—Gracias —dice Danny. Luego añade con seriedad—: ¿Sabes? Mamá mataría por tener un cabello como el tuyo.

Eddie lanza una mirada escéptica, primero a Danny y luego a mí, como diciendo: *¿Vas a hacer algo al respecto?* Cuando no digo nada, Eddie suspira y agrega:

—Está bien, chico —con aire de derrota.

Veo a Anika entre la multitud. Se dirige a la sala de exposiciones. Acelero para alcanzarla y ponerme a su lado. Danny y Eddie me siguen.

—¡Anika! —la llamo—. ¡Hey!

En cuanto se vuelve para mirarme con desconfianza, me doy cuenta de que no sé cómo hacer esto.

—Mmmm… —digo—. Escucha, tengo buenas y malas noticias. ¿Tienes… ehhh… alguna preferencia? ¿Por el orden de entrega?

—¿De qué estás hablando? —pregunta ella.

Sigue caminando con determinación por la sala de exposiciones y yo me esfuerzo por seguirle el paso. En cualquier momento verá su puesto… y la planta muerta.

Danny se lanza hacia el frente e intenta bloquear el camino de Anika.

—¿Por qué no nos tomamos todos un minuto? —sugiere—. Podemos hacer una pausa, tomar un respiro, tener una pequeña charla…

—Lo siento, no sé de qué se trata todo esto —dice Anika, circunnavegando el bloqueo de Danny para continuar caminando—. Pero, en verdad, realmente sólo estoy tratando de pasar el día. Chicos, ¿les importaría…?

Se interrumpe, y puedo precisar el momento exacto en que lo ve, porque se detiene en seco, boquiabierta.

Luego *corre* hacia su mesa, tocando la planta muerta como si tuviera que asegurarse de que es real.

Danny y yo corremos a su lado y Eddie nos sigue.

—Esto es imposible —susurra Anika, colocando entre sus manos ahuecadas las hojas muertas de la planta—. Esto no puede estar sucediendo.

—Lo siento mucho —dice Danny en voz baja.

—¿Tal vez sólo necesita más agua? —pregunta Eddie.

Danny, Anika y yo nos giramos a un tiempo para fulminarlo con la mirada.

—¿O menos agua, entonces? —corrige, encogiéndose de hombros—. No soy bueno con las plantas.

—Eso es más que evidente —digo.

Anika deja caer las hojas marchitas de la planta y se vuelve hacia nosotros con fuego en los ojos.

—Muy bien, esto es muy divertido. Hilarante, incluso. Felicidades, ¡me atraparon, me tienen! Ahora, ¿dónde está?

—¿Qué? —digo—. Esto... ¡no fuimos nosotros!

—Oh, qué, ¿fue la *maldición*, entonces? —pregunta ella—. ¿Esperas que te crea eso?

—Esto no es una maldición —respondo—. Esto es juego sucio. Pero no fuimos nosotros.

—¡Tenemos pruebas! —interviene Danny—. ¡Y vamos a averiguar quién lo hizo!

Asiento con la cabeza, intentando ser alentador, pero estoy menos entusiasmado y convencido que Danny.

Anika hace una mueca mientras nos mira desconcertada, la rabia se disipa mientras las lágrimas brotan de sus ojos.

—No lo entiendo —dice negando lentamente con la cabeza.

Subo la Caja del Bardo a su mesa. Su memoria es limitada, pero debe haber salvado unos buenos segundos antes de que se cortara. Compruebo por encima de mis hombros que nadie más está cerca y presiono el botón de reproducción.

"¿Y si alguien la encuentra?".

Las voces se escuchan apagadas y distantes, pero puedo distinguir las palabras con claridad. Oh, Caja del Bardo, qué cosa tan inteligente.

"No la van a encontrar. Sólo unas cuantas personas saben *sobre la sede del club"*.

"¿Por qué no simplemente la destruiste?".

Frodo grazna y la grabación se corta. Se me acelera el corazón.

—Maldita sea, Henderson —dice Eddie—. ¿Te dejo solo quince minutos y ya armaste toda una operación encubierta?

—No es nada, de verdad —contesto, tímido, pero Eddie estira la mano para chocar los cinco, y yo acepto, ansioso, golpear su palma con la mía.

Anika frunce el ceño ante la Caja del Bardo, luego levanta la mirada hacia la mía y la de Danny a su vez. Resopla, con la mirada perdida.

—Y… ¿ustedes quieren ayudarme?

—Claro que sí —dice Danny, poniéndole una mano reconfortante en el hombro.

—Queremos poner fin a este sabotaje y a esta maldición —declaro—. La integridad de la feria como competencia está en peligro. Esto es más grande que una sola planta. Pero si tu planta está ahí afuera, la encontraremos

Eddie interviene, uniéndose a nuestro círculo desde el sitio donde había permanecido, a una distancia segura de Danny y Frodo, que se contonea con su correa.

—Escuchen, nada más lejos de mi intención que delatar a alguien, pero ¿no creen que esto es algo que deberíamos dejar que manejen los adultos? Ustedes tienen pruebas de audio de que alguien está jugando con cosas…

—No es suficiente —replica Anika—. No nos creerán a menos que tengamos algo sólido, o simplemente pensarán que lo hicimos nosotros. ¿Quién dice que nuestros proyectos no fracasaron y que sólo estamos intentando salvar las apariencias?

—Anika tiene razón —agrego—. No podremos ir con los jueces hasta que sepamos quién es el responsable.

Eddie se encoge de hombros, levanta las manos como diciendo: *A mí déjenme fuera de esto,* y se aleja del grupo, sin dejar de observar cautelosamente a Frodo, que ahora está picoteando la agujeta de Danny.

—¡Lo cual significa que depende de nosotros! —dice Danny—. ¡Esto es tan *genial*!

Anika fulmina a Danny con la mirada.

—Mmm... lo-lo siento, no quiero decir que lo que te ha pasado sea *genial* —tartamudea Danny—. Sólo que yo nunca había sido parte de una historia de misterio como ésta.

La mirada de Anika vacila y en su rostro se dibuja algo parecido a una sonrisa, el primer destello de una que veo en ella.

—Supongo que yo tampoco —dice. Pero su sonrisa se desvanece rápidamente—. Es sólo que... hay mucho en juego para mí. Estoy becada en la Academia Eastwood gracias a ferias como ésta y... si exhibo esta planta muerta podría perderlo todo.

—Entonces, será mejor que nos pongamos en marcha —exclamo—. Llegaremos a *la raíz* del problema de esta planta —sonrío y enarco las cejas.

Eddie refunfuña.

—Vamos, ¿la *raíz*?

Danny ríe, pero se tapa la boca con la mano en señal de disculpa cuando resulta evidente que Anika no está riendo.

—Como sea —me aclaro la garganta—, ¿reconoces a alguna de las voces de la grabación? ¿O sabes qué es "la sede del club"?

—No, yo... casi siempre soy muy reservada —dice Anika—. No tengo muchos amigos en Eastwood.

Creo que eso se traduce en admitir que es casi tan perdedora en la Academia Eastwood como yo en la preparatoria Hawkins.

—Sí, nosotros somos novatos aquí, así que no somos mucho mejores —admite Danny.

—Más temprano conocí a un chico —intervengo—. Parecía saber mucho sobre el circuito regional de ferias de ciencias. Fue víctima de un sabotaje hace unos años. ¿Quizás él sepa algo?

—No sé si podamos confiar en *alguien* ahora mismo —dice Anika—. ¿Estás seguro de que queremos traer más gente?

—¿Tenemos alguna idea mejor? —pregunto.

—Siempre podemos dividir y conquistar, y buscar la sede del club en el centro de convenciones —opina Danny.

—El Centro de Convenciones de Indiana tiene cincuenta y cinco salas de reuniones, cinco salas de exposiciones y dos grandes salones —dice Anika, como si estuviera recitando de memoria un folleto—. Nos llevaría siglos buscar por todas partes, y eso suponiendo que la hayan escondido *dentro* del centro de convenciones y no en algún otro lugar cercano.

Danny hace un gesto de dolor. No necesito calcular esas probabilidades para saber que no son muy buenas.

—Entonces, Brian será —digo.

—Creo que tienes razón —suspira Anika, como si aceptarlo le doliera—. Vamos.

—No tienes que ir tú, si no quieres —afirma Danny—. Podemos manejar esto y hacerte saber en cuanto…

—Es mi proyecto el que fue atacado —interrumpe Anika—. Eligieron pelear *contra mí*. No aceptaré eso, no me quedaré sentada.

La sonrisa de Danny se ilumina; está deslumbrado por la determinación de Anika. Me vuelvo hacia Eddie mientras levanto la Caja del Bardo.

—Eddie, deberías quedarte aquí y vigilar cualquier otra cosa sospechosa —le pido—. Asegúrate de que nadie se meta con Frodo.

—Oh, tú *no* me vas a obligar a hacer de niñera del *pato* —protesta Eddie.

—Sólo son quince minutos, hombre —le digo—. ¡Piénsalo como una oportunidad para enfrentar tus miedos!

Robin estaría tan orgullosa de mí.

—Oh, por el amor de… —Eddie levanta las manos y mira al techo como si quisiera hablar con el hombre de arriba sobre esta situación. Una vez que ninguna señal de Dios se hace evidente, apunta a mí de una manera que podría parecer más amenazante si viniera de un hombre que no les tiene miedo a los patos.

—Me *debes* una, Henderson.

Danny le entrega la correa de Frodo a Eddie con una sonrisa.

—Pórtate bien, Frodo —le dice Danny al pato.

—Más le vale —refunfuña Eddie.

Eddie mira fijamente al pato, y así es como los dejamos: en medio de un intenso concurso de miradas. Sólo puedo esperar que no se maten el uno al otro.

▶

Buscamos inútilmente por la sala de exposiciones antes de adentrarnos en el vestíbulo y las exhibiciones de los patrocinadores. De todas formas, quería ver las mesas de los patrocinadores, así que me conformo con observar todos esos proyectos científicos geniales mientras buscamos por la zona.

Hay puestos de todo tipo de empresas tecnológicas y científicas, desde laboratorios tradicionales hasta grandes corporaciones, pasando por programadores de videojuegos y todas las posibilidades intermedias. Hay organizaciones locales y regionales de ciencia y tecnología para estudiantes, e innumerables escuelas que ofrecen programas de ciencias, tanto a nivel universitario como de preparatoria. Hay todo tipo de trucos, juegos y regalos para atraer a la gente, como ruedas giratorias y trivias que puedes jugar a cambio de recompensas. Todo es divertido, futurista y emocionante.

Pero Brian no está en ningún lado.

—¿Lo ves? —pregunta Anika.

—Todavía no —respondo, escudriñando la habitación.

—¡Oh, bolígrafos gratis! —dice Danny, acercándose a la mesa de una empresa energética para rebuscar en su cesta de regalos.

Le dirijo a Anika una sonrisa de disculpa.

—Él se... mmm... distrae muy fácilmente.

—Está bien —añade Anika—. Es lindo.

De inmediato, sus ojos se abren de par en par y su cara se sonroja, como si no hubiera querido decir eso en voz alta. Se aclara la garganta y se dirige al puesto más cercano para crear una distracción.

La sigo y nos topamos con una mesa de la Academia Eastwood, la escuela a la que van Brian y Anika, especializada en ciencia y tecnología, y cualquier burla que tuviera preparada para Anika muere en mi lengua. En la exposición hay un televisor en un carrito que reproduce imágenes de lo que supongo que es el campus, que luce precioso, moderno y elegante, lleno de instalaciones de alta gama y grandes y amplios laboratorios. Miro con los ojos muy abiertos cómo se reproduce el video y luego vuelve al principio. Todo parece irreal. Estoy acostumbrado a Hawkins, con sus libros de texto de segunda mano y sus antiguos y anticuados equipos de laboratorio.

Tomo un folleto lleno de fotos de alumnos sonrientes. ¿Cómo debe ser ir a una escuela que se preocupa por el conocimiento y la curiosidad? Imagino que sería como me sentí cuando llegué aquí, a la feria de ciencias, o como me siento durante los veranos en el Campamento de Ciencias. Como si estuviera rodeado de energía, pasión y *posibilidades*.

—Hey, si tienes curiosidad por la Academia Eastwood o alguna pregunta, estoy aquí para ayudarte —dice el hombre que está detrás de la mesa. Lleva bigote retorcido, pajarita y un traje de *tweed* de pies a cabeza.

—No lo sé —contesto, dejando el folleto en su sitio—. Sólo soñaba despierto.

—¿Por qué sólo soñar despierto? —pregunta el Hombre del Bigote—. Si estás aquí hoy, es claro que te importa la ciencia. Y Eastwood es el lugar ideal para la gente que trabaja incansablemente en la exploración de la ciencia y la tecnología.

—Le creo. Sólo que no me interesa cambiar de escuela.

—Bueno, si cambias de opinión, sólo tienes que decirlo —afirma el Hombre del Bigote, y dirige su atención a otro estudiante.

Anika se balancea hacia mí como si sintiera curiosidad, pero no está segura de poder preguntar. Finalmente, se atreve:

—No sabía que estuvieras interesado en Eastwood —dice, con un tono de curiosidad en la voz.

—Sólo porque suena como el paraíso de los nerds. Tú vas allí, ¿verdad?

—Sí —responde—. De alguna manera, es agradable. En verdad se preocupan por capacitar a los estudiantes para que tengan un impacto…

Se interrumpe y yo presiono para que siga adelante.

—¿Pero…?

Ella se encoge de hombros.

—Pero ningún sitio es perfecto. Incluso aquí hay un vándalo al acecho. Hay gente odiosa en todas partes.

—Sí, supongo —admito.

Creo que mi hipótesis de que ella es un poco una perdedora, igual que yo, podría ser correcta. Pero es difícil imaginar que en una escuela llena de nerds haya gente tan odiosa como la que puede haber en Hawkins, y menos aún para alguien que es un genio como claramente lo es Anika.

Me aparto de las idílicas imágenes de la ciencia y la academia, y me vuelvo hacia el resto de la feria, justo cuando Danny reaparece al lado de Anika.

—Tengo dos bolígrafos, una bolsa y una funda para termos —anuncia mostrando su botín con orgullo.

No observo sus logros, porque estoy demasiado ocupado viendo a Brian charlando con un representante de una empresa en uno de los puestos.

—Tengo los ojos en el objetivo —le digo a Danny—. A las tres en punto.

Danny pone cara de confusión.

—Eso sería demasiado tarde, la evaluación del primer grupo será al mediodía.

—Las tres en punto a tu derecha, hombre —replico poniendo los ojos en blanco.

—Oh —Danny se da la vuelta.

—Sólo, mmm… —digo—, ¿sígueme la corriente?

Avanzo con toda la confianza que puedo reunir, y Danny y Anika caminan detrás, pisándome los talones. Brian se despide del representante de la empresa y se aleja del puesto. Al ver que nos acercamos, enarca las cejas, levanta una mano con un gesto inseguro, su rostro está desprovisto de cualquier rastro de entusiasmo.

—Hola, Brian —lo saludo, deteniéndome frente a él.

Está cerrando una ordenada carpeta de currículos, la viva imagen de la profesionalidad con chamarra y corbata.

—Dustin, ¿verdad? —dice—. ¿Consiguiendo algún contacto profesional, supongo?

—No del todo —le respondo.

—Deberías —sugiere—. Nunca es demasiado pronto para empezar. Llevo trabajando algunas de estas relaciones desde que era estudiante de primer año. Lo agradecerás cuando estés en el último año.

—Sí. Totalmente. Me ocuparé de ello enseguida —me apresuro a decir—. Pero antes, en realidad, esperaba poder preguntarte algo sobre la… mmm… maldición.

—Oh —dice Brian, observando a nuestro pequeño y variopinto grupito. Su mirada se detiene en Anika—. He oído que te pegó a ti este año, Anika. Sé cuánto apesta eso.

—Sí —responde ella—. Así es.

—Por eso estamos aquí —intervengo—. Tenemos razones para creer que su planta sigue ahí fuera, y estamos haciendo todo lo posible para recuperarla.

—¿Qué? —dice Brian, con la voz entrecortada—. ¿Cómo?

Danny se inclina y mira hacia ambos lados para asegurarse de que no hay nadie más al alcance del oído.

—¿Puedes guardar un secreto? —pregunta.

Brian pone cara de asombro, pero contesta:

—Por supuesto.

Llevo la Caja del Bardo a mi lado y echo un vistazo cauteloso a la abarrotada zona de los patrocinadores.

—¿Tal vez en algún lugar un poco más tranquilo? —sugiero.

Brian se mete las manos en los bolsillos y da un paso atrás.

—Mira, odio la maldición tanto como cualquiera, y en verdad espero que recuperes tu planta, pero éste es un momento vital para hacer conexiones para mi futuro. Lo que sea que haya pasado aquí, no puedo permitirme interrumpir lo que he venido a hacer.

Dios, Eddie tenía razón en que Brian es un poco idiota. Pero parece estar muy involucrado en la red de chismes de la feria de ciencias, y necesitamos información desesperadamente, así que me resisto a confrontarlo.

—Lo haremos rápido —prometo.

Brian no parece convencido, pero cuando hago un gesto con la cabeza para que *me siga*, cede y se une a nosotros en un rincón más tranquilo, lejos del bullicio.

Damos vueltas alrededor de la Caja del Bardo, y miro los rostros de todos con una grave advertencia:

—Lo que estoy a punto de mostrarles es información ultrasecreta, ¿entienden? No pueden decir ni una palabra de esto a nadie o toda nuestra investigación se verá comprometida.

Brian arquea una ceja y nos mira a Danny, a Anika y a mí con desconcertada incredulidad.

—Vamos, ¿qué tan serio puede ser? —pregunta. Deja salir una carcajada muy a costa nuestra.

—*Mortalmente* serio —respondo, con un tono que concuerda con mis palabras.

Brian pone los ojos en blanco y levanta las manos, con las palmas hacia arriba.

—De acuerdo, está bien. Muéstrame, entonces.

Intercambio miradas cautelosas con Anika y Danny, para comprobar si alguno de ellos tiene alguna objeción, y dado que no la tienen, presiono el botón para reproducir la grabación.

"¿Y si alguien la encuentra?".

La expresión de Brian permanece cuidadosamente neutra mientras las voces de la grabación cobran vida, y observo su rostro con expectación.

"No la van a encontrar. Sólo unas cuantas personas saben *sobre la sede del club"*.

"¿Por qué no simplemente la destruiste?".

El graznido de Frodo señala el final de la grabación. Todos guardamos silencio durante un largo momento mientras Brian procesa la información. Su mandíbula se tensa mientras piensa, y lo único que puedo hacer es no gritarle en este momento para que nos diga todo lo que sabe, *ahora*.

—¿Dónde escucharon eso? —pregunta finalmente.

—En la sala de exposiciones, durante el discurso de apertura —responde Danny.

—Sé que conoces a mucha gente —replico—. Al menos, a la de Eastwood. ¿Reconoces las voces? ¿O sabes dónde está la "sede del club"? Estamos intentando salvar el proyecto de Anika antes de que empiece la evaluación y no tenemos muchas pistas.

—Dios, ojalá pudiera ayudar más —dice Brian—. Pero... no tengo ni idea de lo que es la sede del club. Nunca había oído hablar de ella. Podría estar en cualquier parte de Indianápolis, por lo que sabemos.

Siento un hueco en el estómago.

—Estoy acabada, ¿no es así? —se queja Anika, volviendo a entrar en pánico.

—De ninguna manera —afirma Danny, apretando su hombro—. ¡Vamos a encontrarla, Anika!

—¿Y las voces? —presiono a Brian—. ¿Reconoces alguna de ellas?

Brian frunce el ceño y niega con la cabeza.

—No lo sé… Es difícil saberlo con la distorsión.

Brian me estudia durante un largo rato y luego muerde el interior de sus mejillas.

—Pero si tuviera que adivinar —dice, despacio, pensativo—, quiero decir, *en verdad* no estoy seguro de esto, pero ¿un tiro en la oscuridad? El tipo mandón suena como este chico en mi clase de química, ¿tal vez? Richard, se llama. Tiene el mismo tono nasal.

—De acuerdo —tomo aire, concediéndole incluso el más mínimo atisbo de esperanza—. De acuerdo, ¿dónde podemos encontrar a ese Richard? ¿Qué aspecto tiene?

Brian recorre la habitación como si esperara que Richard estuviera cerca en alguna parte, pero no ve nada digno de mención.

—Él… mmm… tiene el cabello corto y oscuro. No lo he visto hoy, pero tiene que estar por aquí. Rasch es su apellido, creo, por si quieres preguntar por ahí.

—Correcto. De acuerdo —digo. Cualquier pista es mejor que lo que tenemos, que es un montón de nada. Un nombre es un buen comienzo—. Intentaremos localizarlo.

—¡Y gracias, en serio! —afirma Danny.

—Sí —dice Anika, un poco menos entusiasmada—. Sé que no somos exactamente amigos.

—Por supuesto —dice Brian—. Yo más que nadie sé lo que es ver fracasar tu proyecto tan cerca de la línea final. Espero que encuentres al tipo, en verdad.

Me imagino que el chico obsesionado con el estatus estaría interesado en la venganza, por encima de cualquier otra cosa.

—Ahora tengo que regresar a congraciarme con estos reclutadores, ¿de acuerdo? —dice Brian—. Pero buena suerte.

Sin más preámbulos, Brian se escabulle de vuelta a la sala de exposiciones, dejándonos a Danny, Anika y a mí con la Caja del Bardo y un nombre: Richard Rasch.

—De acuerdo —replica Anika—. Es una pista, al menos.

—Sí —concuerdo—. Quiero dejarle la Caja del Bardo a Eddie, y luego podremos preguntar y encontrar a este tipo.

—Y tenemos que trabajar rápido —dice Danny—. Sólo tenemos media hora antes de que comience la evaluación.

▶

Cuando volvemos a la sala de exposiciones, hay una considerable multitud de estudiantes alrededor de mi puesto.

—¿Qué está pasando? —pregunta Danny.

—Ni idea —respondo.

A medida que nos acercamos, me doy cuenta de que Eddie está en el centro de la multitud, gesticulando salvajemente a pesar de llevar la correa de Frodo en una mano. Los estudiantes se inclinan, pendientes de cada palabra suya, y no es difícil ver por qué: Eddie está en pleno modo Amo del Calabozo.

—Y cuando el hombre volvió a entrar en la casa —está diciendo Eddie—, allí, en su abrigo, justo donde la mujer lo había agarrado… había la *huella de una mano,* quemada en la tela.

El público suelta un grito ahogado y de inmediato los chicos empiezan a vociferar en señal de protesta.

—¡No puede ser! —dice un niño—. ¡Pero si la mujer no era real!

—Oh, pero ¿quiénes somos *nosotros* para decidir qué es real? —pregunta Eddie con una sonrisa mientras mira el caos que ha desatado entre una docena de nerds científicos aterrorizados.

—Dios mío, Dios mío —dice una chica, tapándose los oídos con las manos—. Voy a tener pesadillas.

Eddie se asoma por encima de la multitud y nos ve. Se yergue mientras se aclara la garganta. Parece avergonzado, como si lo hubiéramos atrapado haciendo... no sé qué, no estoy seguro.

—En fin, se acabó la hora del cuento, pequeños mocosos, lárguense ahora —exclama.

El grupo deja escapar ruidos de decepción, gemidos y lamentos, pero Eddie sólo los aleja con un movimiento de desdén, como si fueran moscas.

—Señor Eddie —dice una chica que parece demasiado joven para estar participando en una feria de ciencias de preparatoria, pero quizá se saltó algún grado—. ¿Nos contará más historias más tarde, cuando acabe el jurado?

—Lo consideraré —responde Eddie—. Pero sólo si te *clavas* por completo en tu presentación, ¿de acuerdo?

—De acuerdo —contesta la chica, dedicándole a Eddie una dulce sonrisa—. ¡Adiós, señor Eddie! ¡Adiós, señor Quackins!

Se dispersa junto con el resto de la multitud, lo que me permite acercarme a Eddie con las cejas levantadas.

—*¿Señor Eddie?* —pregunto, incrédulo—. ¿Qué fue todo eso?

Hace una hora, la gente evitaba a Eddie como si fuera la peste. ¿Ahora se reúnen a su alrededor para escuchar sus historias? Dejemos que Eddie encante a la mitad del centro de convenciones en unas pocas horas.

—Oh, nada, sólo que algunos niños me dijeron que yo daba miedo. Así que pensé en darles algo que los asustara *de verdad* —sonríe—. No esperaba reunir a tanta gente.

—Frodo no te dio muchos problemas, ¿cierto? —pregunta Danny, corriendo para tomar al pato y darle un beso en la cabeza.

—Ninguno de los dos resultó muerto —responde Eddie—. Voy a contar eso como una victoria.

—Bien —le digo—, porque necesitamos que sigas como su niñero un poco más.

Eddie cierra los ojos y exhala, como si intentara mantener la calma.

—Amigo, estoy tratando de darte espacio para que hagas tus cosas —dice—, pero *en verdad* estás poniendo a prueba mis límites.

—Eddie, *sabes* que mis amigos van a venir a pesar de que las cosas han estado raras entre nosotros, y quiero impresionarlos. Y ahora tenemos —consulto mi reloj— menos de veintidós minutos para encontrar la planta y llevarla al puesto de Anika antes de que empiece la evaluación.

—Dios mío —gime Anika, apretándose el estómago como si el recordatorio le doliera.

—Y necesito saber que la Caja del Bardo, y, sí, *el pato*, estarán a salvo mientras vamos a buscar a Richard.

—¿Quién demonios es Richard? —pregunta Eddie.

—¡El culpable, amigo, sígueme el ritmo! —digo. Me giro hacia Anika y Danny, y añado—: Odio decirlo, pero tenemos que separarnos para cubrir más terreno. ¿Ustedes traen sus *walkie-talkies*?

—¿Por qué tendríamos *walkie-talkies*? —pregunta Anika.

Pongo los ojos en blanco. *Aficionados*. Supongo que no todos podemos ser aventureros entrenados.

—De acuerdo, bueno… entonces nos reuniremos aquí en diez minutos, hayamos encontrado a Richard o no, ¿entendido? Sincronicemos nuestros relojes.

—Vaya —Danny toma aire—. Nunca antes había tenido motivos para sincronizar mi reloj con nadie.

—Sí, es algo emocionante —añade Eddie.

Mientras compruebo que nuestros relojes coinciden, rápidamente formulo un plan para dividir y conquistar.

—Danny, quédate aquí en la sala de exposiciones —le ordeno—. Anika, tú encárgate de la zona de patrocinadores. Yo iré a echar un vistazo al vestíbulo.

—¡En marcha! —dice Danny, mientras me dirige un serio saludo militar, hasta que ya no puede contener la sonrisa. Con gesto sonriente un poco enloquecido, sale corriendo.

—¿Y si no podemos encontrarlo, Dustin? —pregunta Anika—. ¿Cuál es el plan entonces?

—Lo resolveremos —replico—. Te lo prometo. Vamos a llegar al fondo de esto.

No sólo por Anika, sino por *mí*, pero no lo digo. Porque tengo que impresionar a mis amigos si vienen desde tan lejos para verme, y estoy bastante seguro de que la Caja del Bardo, por increíble que sea, no me va a hacer ganar ningún premio. No, este misterio es mi única oportunidad de demostrarles a Mike y Lucas que puedo hacer cosas increíbles yo solo. Porque ellos parecen más que felices de estar solos. Tengo que demostrarles que yo también lo estoy.

—De acuerdo —dice Anika—. Nos vemos aquí. Espero que con Richard a cuestas.

Sale corriendo hacia el vestíbulo. Yo vacilo un momento y me voy también.

▶

He pasado cinco minutos preguntando por Richard antes de empezar a sospechar que es una pérdida de tiempo.

Nadie parece conocer al tipo, ni siquiera los chicos que van a la Academia Eastwood con los que he hablado. Unas pocas personas incluso ríen cuando se lo pregunto, como si hubiera algún tipo de broma que está más allá de mi comprensión, como si Richard fuera notoriamente difícil de localizar o algo así. Empiezo a sentirme un poco desesperado a medida que se acerca la hora de la reunión.

Estoy en medio del vestíbulo, rodeado de una auténtica tormenta de actividad mientras la gente se prepara para el primer periodo de evaluación. Todo el mundo corre hacia y desde la sala de exposiciones con sus proyectos a cuestas. He estado tan preocupado por el misterio de los saboteadores que me he olvidado de estar nervioso por la evaluación, pero me imagino cómo se sentirá Anika sin un proyecto que presentar. Observo a mi alrededor, intentando encontrar a mi próximo objetivo al que preguntar por Richard. En una esquina hay una chica llorando con su madre por algo. Un grupo de amigos ríe a carcajadas por algún juego. Un chico al que regaña una conserje por tirar basura afuera del contenedor.

Y esa imagen —la conserje con su carrito de basura y sus artículos de limpieza— me hace pensar que tal vez nos hayamos equivocado.

Porque queremos encontrar a Richard para poder hallar la sede del club. Pero tal vez Richard está *en* la sede del club. Tal vez no necesitamos a Richard para encontrarla, tal vez es al revés. Los tipos que escuchamos dijeron que sólo unas pocas personas sabían de la sede del club, pero si alguien supiera de un escondite secreto en el centro de convenciones, sería la persona responsable de limpiarlo.

Me dirijo a la conserje, que está reemplazando la bolsa en un contenedor de basura.

—Hola, señora conserje —le digo, esbozando mi sonrisa más aduladora y zalamera—. ¿Tiene un minuto?

La conserje está vieja y arrugada, y no luce para nada impresionada.

—Oh, no tengo nada más que tiempo —se queja—. Sólo tengo que limpiar lo que ensucian mil adolescentes que no saben ni dónde tirar su basura. ¿Qué quieres?

Bueno, no es la más cálida de las bienvenidas. Pero puedo hacer que funcione. Quizá no sea receptiva a que se lo pida directamente, pero tal vez sólo necesite que se ablande primero.

Por suerte, soy un experto adulador.

—Señora —le digo, mezclando mis palabras con mi más genuino encanto y reconocimiento—. Sólo quería decirle cuánto aprecio su trabajo para hacer posible este evento.

La mujer resopla, no se lo cree, y sigue reemplazando la bolsa de basura, refunfuñando en voz baja. Podría cambiar de táctica, pero, en lugar de eso, redoblo la apuesta.

—En serio —digo—. Lo digo en serio. Todo esto es posible gracias a gente como usted. Si este evento es un viaje de curiosidad, entonces *usted* es el torrente, o la marea. La fuerza invisible que permite a gente como yo zarpar en el océano del conocimiento. Y creo que no se le muestra el suficiente agradecimiento por su labor.

La mujer me mira con desconfianza y yo me esfuerzo por mantener una sonrisa brillante y sincera bajo su mirada escrutadora. Lenta pero inexorablemente, su mirada gélida se deshiela y su boca esboza una sonrisa de satisfacción.

—¿Sabes? Tienes razón, chico —admite—. Gracias por decirlo.

Mi corazón se acelera al darme cuenta de que ésta es mi oportunidad. Intento no parecer demasiado ansioso y me obligo a mantener el tono despreocupado.

—Por supuesto. Quiero decir, todo este espacio para eventos debe ser difícil de mantener. Y eso sin contar todas las áreas que no están a disposición del público, como la sede del club.

Es un tiro en la oscuridad, y me muerdo el labio, esperando una respuesta.

—Y que lo digas —gruñe la mujer—. Esos chicos siempre dejan esa habitación destrozada.

Mi corazón da un vuelco. *Ahí está.*

—Eso es *tan* desconsiderado —asiento con gesto rotundo—. De hecho, estaba pensando en ir ahí para limpiar al menos un poco, así no tendrá usted que lidiar con tanto más tarde. Mi único problema es que olvidé el número de la habitación.

—Oh, no necesitas hacerlo, chico —dice la mujer—. Me quejo de ustedes, niños, pero, al fin y al cabo, es mi trabajo.

—Sí, claro —insisto—, pero eso no significa que no debamos hacerlo más fácil para usted. ¿Le importaría recordarme dónde está la sede del club? Yo podría... mmm... ¿recoger algo de basura? Por usted y por sus colegas. En verdad, eso me haría sentir *mucho* mejor.

La mujer entrecierra los ojos.

—Sé que esos chicos de Eastwood protegen mucho esa sede —dice.

—Claro, sin duda —asiento rápidamente—. ¡Por eso, ya sabe, depende de mí, si quiero mantenerla limpia! Porque los otros chicos que lo saben simplemente no se preocupan por... el personal trabajador del centro de convenciones y hacer sus vidas más fáciles. Y sería *muy* embarazoso para mí tener que volver a preguntarle a mi amigo el número de la habitación. ¿Quizá podría recordármelo?

Me mira por un instante y pienso que he sido demasiado obvio, que ya me descubrió, que me dirá que me largue y la deje hacer su trabajo en paz. Pero entonces se encoge de hombros, como si en realidad ni siquiera le importara.

—Claro, chico, lo que sea. Es la habitación 143. Y mira, si vas a limpiarla, separa lo que se debe reciclar y la basura, ¿de acuerdo? Si en verdad te importa hacerme la vida más fácil.

—¡Sí! ¡Por supuesto! —digo, intentando que mi entusiasmo no se desborde de un modo que pueda resultar sospechoso, pero es difícil, porque por dentro estoy dando saltos de alegría y tentado a correr por el centro de convenciones gritando como si estuviera dando una vuelta de la victoria—. Se lo agradezco mucho... y también todo su trabajo como conserje. ¡Estaríamos perdidos sin usted!

Y entonces, justo cuando el reloj marca la hora en la que se supone que debo volver para reunirme con Danny y Anika, le lanzo a la conserje una gran sonrisa y un pulgar hacia arriba, y salgo corriendo hacia la sala de exposiciones.

▶

Me apresuro hacia la mesa, donde Anika y Danny ya me esperan, junto con Eddie y Frodo. Parecen abatidos. Anika tiene los brazos cruzados sobre el pecho mientras Danny palmea su hombro y la consuela.

Levantan la vista cuando me detengo frente a ellos y no me molesto en cortesías o en comprobar cómo les fue con sus búsquedas, porque tenemos ocho minutos antes de la evaluación y no podemos perder ni un segundo.

—Necesito que todo el mundo se calme y se calle —digo—. Sé dónde está la sede del club. Tengo un plan, pero sólo funcionará si *todos* me escuchan con atención y hacen *exactamente* lo que les diga. A partir de ahora, cada segundo cuenta.

Frodo grazna. Eddie se estremece. Anika parece a punto de llorar. Danny me mira expectante, preparado, a la espera de mis órdenes.

Tenemos menos de diez minutos. Pero si el plan que tengo en mente funciona, el tiempo no será un problema. Si la estrategia que tengo en mente funciona, todo irá bien.

—De acuerdo —digo—. Salvemos esta planta. Es hora de un maldito atraco.

CAPÍTULO DIECINUEVE

SÁBADO 7 DE DICIEMBRE DE 1985

11:57 A.M.

El plan es sencillo, pero tenemos que ejecutarlo a la perfección. Todos tenemos que estar de regreso en nuestras mesas a tiempo para ser evaluados, sobre todo Anika, cuya beca está en juego, así que ella no se moverá del sitio, lista para actuar tanto si encontramos su planta como si no. Por suerte, tenemos un arma secreta: Eddie, que se encargará de la distracción. Su trabajo consiste en retrasar la evaluación por todos los medios, para que Danny y yo tengamos tiempo de entrar en la sede del club, tomar la planta y devolverla antes de que todo inicie. Eddie esboza una sonrisa malvada cuando recibe su asignación, pero decido no pensar demasiado en ello por el bien de mi cordura, si no es que por una negación verosímil.

Pero en realidad, si todo va según lo previsto, debería ser fácil.

Anika se dirige a la sala de exposiciones y a su puesto, y Danny y yo vamos a buscar el salón 143, con Frodo contoneándose delante de nosotros con su correa.

Estoy seguro de que destacamos aún más que Eddie, ya que somos los únicos que vamos a contracorriente, alejándonos de la sala de exposiciones mientras todos los demás estudiantes están regresando, dirigiéndose a sus puestos para la evaluación. Sólo puedo esperar que Eddie nos dé el tiempo suficiente para volver a nuestra propia evaluación.

Según el mapa del centro de convenciones, la sala que buscamos está en un extremo del edificio, en un ala que permanece cerrada durante la feria de ciencias. Lo que significa que nos estamos aventurando en territorio desconocido.

Cuanto más nos alejamos de la sala de exposiciones, más vacíos están los pasillos del centro de convenciones. Casi todos los estudiantes del edificio deberían estar en el salón para ser evaluados, con amigos y familiares esperando ansiosos en el vestíbulo, lo que nos deja sólo a los que tenemos una misión deambulando por los pasillos.

Por fin, Danny y yo llegamos al ala derecha y voy contando las salas de reuniones a medida que pasamos.

—Ciento treinta y siete… ciento treinta y nueve… ciento cuarenta y uno… —nos detenemos frente al salón 143—. Y… mierda.

Hay una caja de seguridad en la puerta, lo que la diferencia de todas las demás. Agarro la caja, la miro más de cerca y veo que tiene un código de cuatro letras. Pruebo con la manija de la puerta. Está definitiva e irremediablemente *cerrada*.

Pero hay palabras escritas cuidadosamente en la caja de seguridad…

—Tú no puedes verme, pero yo puedo verte —lee Danny, con la voz tensa—. Para ser más específico, veo a través de ti.

—¿Qué soy? —leemos juntos la última parte.

—Un acertijo —digo.

—Podríamos llamar a la puerta —sugiere Danny.

—Si tenemos suerte, ese salón estará vacío —digo—. Pero si no lo está y llamamos a la puerta, sólo les estaríamos avisando para que destruyan la planta, o se escapen por la ventana, o cualquier otra cosa —entrecierro los ojos y miro más de cerca las palabras de la caja—. No. No, podemos hacerlo.

Tú no puedes verme, pero yo puedo verte.

¿Binoculares, tal vez, o un telescopio?

—¿Un fantasma, tal vez? —dice Danny.

Cierro los ojos con fuerza, intentando concentrarme, con la imagen de las palabras de la nota grabada en el fondo de mis párpados.

Para ser más específico, veo a través de ti.

¿Un espejo bidireccional? Pero tiene que ser un código de cuatro letras... a menos que la nota sea una advertencia de que estamos siendo vigilados.

No puedo evitar mirar a mi alrededor, como si hubiera una cámara oculta o algo esperando a ser descubierto. Pero sólo estamos nosotros y el enigma.

—Quizá tenga algo que ver con las ondas sonoras... —dice Danny.

Tú no puedes verme, pero yo puedo verte.

Veo *a través* de ti.

¿Qué soy?

—*¡Buuum!* —grito y agarro la caja de seguridad de nuevo.

Rápida pero cuidadosamente, desplazo los diales hacia cada letra...

X-R-A-Y. Rayos X en inglés.

La caja de seguridad se abre con un clic.

—¡Dios mío, eres un genio! —dice Danny.

Me señalo la camiseta: germanio, níquel, uranio, azufre.

—Es lo que he estado *diciendo.*

Agito la caja y la llave cae en mi mano, la introduzco rápidamente en la cerradura y la giro hasta que hace clic. Giro la manija y ésta cede. La puerta se abre para revelar…

Lo que alguna vez fue una sala de reuniones normal y corriente ha sido decorada de piso a techo con lo mejor de las habilidades de un estudiante de preparatoria. Hay una alfombra que parece haber vivido tiempos mejores, pero en una esquina hay una fuente de refrescos con una gran variedad de productos de Coca-Cola, un mostrador con una máquina de café y sus accesorios, un proyector con una fila de voluminosos sillones de masaje frente a la pantalla y una mesa de centro llena de juegos de mesa y cajas de pizza vacías. No es el Palace Arcade, pero para ser un escondite en un centro de convenciones, es muy elegante.

Hay alguien sentado en un sillón de masaje en el centro de la fila, con los pies apoyados en la mesita, lleva audífonos conectados a un Walkman, una bebida en una mano y un cigarrillo encendido en la otra.

El tipo se levanta sobresaltado cuando entramos y se quita los audífonos. Nos observa con los ojos muy abiertos, su bigote retorcido y su pajarita de lunares.

Es el representante de la Academia Eastwood que vi más temprano en la mesa. El Hombre del Bigote. Salvo que ese tipo formal y mojigato parece estar muy lejos de la persona que tenemos ahora delante. Literalmente, en cierto modo, ya que se aflojó la pajarita para poder desabrocharse algunos botones de la camisa.

—¿Qué…? —el tipo se apresura a dejar la bebida y a apagar el cigarrillo. Casi tropieza al levantarse del sillón de masaje, que sigue zumbando y sacudiéndose—. Esta zona está prohibida. ¿No deberían estar en el salón principal para ser evaluados?

Levanto las cejas.

—¿No debería *usted* estar allá? —pregunto.

—¡Yo... tú...! —el Hombre del Bigote balbucea. Y luego—: ¿Eso es un pato?

Danny es más amable que yo y no lo exhibe por hacer una pregunta tan obvia.

—Pero ¿dónde está la planta? —pregunta Danny en cambio.

Y me doy cuenta de que tiene razón. No la veo por ninguna parte. No es algo bueno.

—¿Qué planta? —exige saber el Hombre del Bigote.

Me abalanzo más allá de él, ignorando sus gruñidos de indignación, para mirar debajo de la mesa de café, dentro de los gabinetes que están ahí y...

Debajo del fregadero, en un armario, ligeramente doblada, pero todavía muy viva, está la superplanta de Anika.

—Vaya —respira Danny detrás de mí.

Le lanzo una mirada fulminante por encima del hombro al Hombre del Bigote, que merodea la puerta con un aura general de desdén contrariado.

—¿Usted cree que somos estúpidos? —pregunto—. Es imposible que sus alumnos hayan estado usando esta sala para sabotear los proyectos y usted no estuviera enterado.

El Hombre del Bigote vuelve a balbucear. Es un muestrario de ruidos que nunca antes había oído. Casi me dan ganas de meterlo en una habitación con la Caja del Bardo.

—¡Les aseguro que *no* sé *nada* de sabotajes! —logra decir al fin.

Levanto la planta y la saco del armario. Danny se acerca para esponjar suavemente las hojas y enderezar el tallo.

—He tenido un día muy largo —continúa el Hombre del Bigote—. Así que sí, cuando puedo escabullirme por un momento, uso el escondite de los estudiantes de Eastwood que ellos creen que no conozco. ¡Pero es inofensivo! ¡Y hay una máquina de refrescos! Y, Dios mío, ¿de dónde sacaron esos sillones de masaje? Pero *¿hacer trampa*? ¿En esta institución vital del conocimiento? Bueno, yo *nunca*...

—Mire, señor, ¿con todo respeto? —digo, resistiendo valientemente el impulso de poner los ojos en blanco—. Estamos en una misión urgente para recuperar esta planta de un saboteador en serie que puede o no llamarse Richard.

—¿Y crees que es alguien de Eastwood? —pregunta el hombre. Parece que por fin comprende y mira la planta con horror—. Esto es *grave*. Debería haber consecuencias...

—Sí, debería —le digo—. Y si usted está hablando en serio, puede encontrarme en el puesto 403 cuando acabe el periodo de evaluación. Pero por ahora, el tiempo corre.

Miro el reloj. Dios, espero que Eddie haya logrado retrasar las presentaciones. Miro fijamente al profesor, que sigue delante de la puerta, y lo reto a que nos detenga.

—Entonces, ¿se va a poner del lado de la injusticia y del fraude académico que ha ocurrido delante de sus narices? —le pregunto—. ¿O va a *hacerse a un lado* y dejarnos devolver esta planta a su legítima propietaria para arreglar las cosas?

Con timidez, el hombre se hace a un lado.

Me invade una oleada de emoción y me siento ligero como el aire, como si flotara por el pasillo mientras Danny y yo dejamos atrás la sede del club y al Hombre del Bigote. Porque tenemos la planta. ¡Se la llevaremos a Anika a tiempo para la evaluación! Encontraremos y enfrentaremos a Richard, y el día se salvará. ¡Seremos héroes!

Nos movemos tan rápido como podemos, con el peso de la planta de Anika. Cuando el contoneo de Frodo resulta demasiado lento, Danny lo levanta.

Me detengo en seco cuando llegamos al vestíbulo. No hay ningún estudiante a la vista y las puertas de la sala de exposiciones están cerradas.

La evaluación ya comenzó.

Una sensación de hundimiento se apodera de mi estómago y unos pasos lentos me arrastran hacia las puertas. Tiro de las manijas. No se mueven. Es demasiado tarde.

Excepto que, de pronto, se abren de golpe. Casi dejo caer la planta de Anika al quitarme de en medio, justo cuando dos hombres sacan a un tipo por los brazos.

—Caballeros, si querían una excusa para sentir mis brazos podrían haber preguntado… —y entonces Eddie sale tropezando al vestíbulo como si lo hubieran empujado. Recupera el equilibrio—. ¡Jesús, tranquilo! ¿Qué pasó con la hospitalidad?

Los dos hombres lo fulminan con la mirada y vuelven a la sala de exposiciones.

La esperanza explota dentro de mi pecho.

—¡Eddie! —exclamo.

—Ya era hora de que aparecieras —dice Eddie.

Me sonríe y salta hacia delante para agarrar la manija de una de las puertas justo antes de que se cierre.

—¿Qué demonios hiciste? —siseo, tan preocupado como impresionado.

—Nada ilegal —dice, agitando una mano con desdén—. Pero presentaremos nuestro informe más tarde. Ya empezarán a hacer las evaluaciones. Tal vez tengan que improvisar para llevarle esa planta a Anika sin llamar la atención.

—Una misión sigilosa —digo—. Entendido.

—*Entendido* —repite Danny con tono reverencial—. Siempre había querido decir eso.

—Quédense en las sombras, amigos míos —nos recomienda Eddie. Creo que lo que quiere decir es: *buena suerte.*

En cualquier caso, asiento una vez, decidido. Y con eso, Danny y yo entramos en la sala de exposiciones.

La enorme sala está igual de llena de proyectos que antes, igual de rebosante de estudiantes curiosos, pero ahora también está cubierta por un espeso manto de ansiedad. Los estudiantes no charlan con sus vecinos, ni siquiera juegan con sus proyectos o ensayan sus presentaciones. Esperan de pie mientras los jueces se abren paso por la sala, una presentación de cinco minutos cada vez.

Los jueces están en el otro extremo de la sala, todavía en la primera fila de proyectos. Aunque no se percatan de nuestra entrada, algunos estudiantes que están cerca de nosotros nos fulminan con la mirada.

Tanto el puesto de Anika como el mío están a una fila de donde se encuentran los jueces. Lo que significa que, *en verdad,* no tenemos mucho tiempo para lograrlo.

Me agacho hasta quedar oculto por la hilera de paneles triples con carteles y le hago un gesto a Danny para que haga lo mismo.

Nos arrastramos unos pasos, pero el sigilo no es fácil cuando estamos siendo obstaculizados por una superplanta. Es pesada y sus grandes hojas no son precisamente discretas porque se asoman por encima de los carteles. Bien podría ser yo un árbol andante, y los estudiantes de los alrededores nos lanzan miradas de reproche de diversa intensidad.

Echo un vistazo al progreso de los jueces. Ahora están a unos pocos puestos de Anika. Es imposible que lleguemos a su puesto sin que ellos nos vean. Tenemos que apartar su atención de Anika el tiempo suficiente para entregarle la planta y ocupar nuestros puestos.

Es entonces cuando veo a la chica con el artilugio para cortar el pasto que es, a todos los efectos, un coche de Barbie armado con cuchillos. Me detengo en seco tan sorpresivamente que Danny se estrella conmigo y Frodo suelta un pequeño graznido.

Me giro hacia ellos despacio, con los engranajes de mi cabeza girando tan deprisa que siento que debería salirme humo por las orejas.

—Frodo —susurro el nombre como una revelación mientras un nuevo plan empieza a formarse—. Por supuesto.

Porque necesitamos una distracción, y Frodo es un pato con mucho talento.

—¿Qué? —pregunta Danny—. ¿Cuál es el plan?

No es tanto un plan como una esperanza, pero toma forma en mi mente, y tal vez podría funcionar.

—Necesito que Frodo genere algo de caos —exclamo—. ¿Dijiste que puede abrir pestillos de jaulas?

Hago un gesto brusco con la cabeza hacia el Cuchillomóvil de Barbie, que choca de un lado a otro contra las paredes de su jaula.

—Ah —suspira Danny, con una gran sonrisa en el rostro—, ha estado entrenando toda su vida para esto.

Danny deja a Frodo suavemente en el suelo y desengancha la correa de su arnés.

—Vamos a acercarnos —susurra Danny—. Tú quédate aquí.

Y con eso, él y Frodo se arrastran hacia el Cuchillomóvil, dejándome con la planta, a la espera de la oportunidad perfecta.

Los minutos se me hacen eternos mientras miro por encima de los carteles y veo cómo los jueces se acercan cada vez más al puesto de Anika. Y al mío. Miro hacia Danny, que sigue agazapado y escondido a unos metros de mí, mientras Frodo se aventura hacia la jaula del Cuchillomóvil. Picotea el pestillo con curiosidad. Por un segundo, creo que hemos sobreestimado la habilidad del pato y él se alejará sin sentido de urgencia y sin idea de lo que está arruinando.

Pero entonces, Frodo empuja el pestillo enganchado y éste se abre. Y eso es lo único que tiene que hacer, el coche avanza, empuja la puerta y sale rodando al suelo de la sala de exposiciones.

Me quedo sin aliento. Funcionó… pero sólo si la siguiente parte también funciona. Si nadie ve el Cuchillomóvil, si el pánico no electriza a la multitud, entonces lo único que logramos hacer es echar a andar el proyecto de esta pobre chica sin ninguna razón.

Justo cuando pienso que podría haber calculado mal, alguien suelta un grito espeluznante.

—¿Qué demonios es eso? —pregunta alguien.

—*¡CUCHILLO!* —grita otra persona.

(Para ser precisos, son *varios* cuchillos. Semántica.)

Y entonces todo se viene abajo, de la mejor manera posible.

Se oyen chillidos y gritos mientras la gente se sube a las mesas y corre en todas direcciones para poner distancia entre ellos y el Cuchillomóvil, que rueda por el suelo a una velocidad impresionante. Los jueces —en realidad, todos los presentes en la sala de exposiciones— se giran hacia el lugar donde está teniendo lugar toda esta conmoción. Yo no tengo tiempo para dudar, necesito moverme.

Ahora no me preocupo por ser sutil, porque hay suficiente movimiento como para pasar desapercibido. Llevo la planta más allá de las últimas filas de mesas hasta que llego a la fila de Anika. Echo un vistazo de nuevo y veo que los jueces no están mirando en esta dirección; todos están concentrados en los estragos de unas filas más allá. No hay moros en la costa y corro hacia Anika con su planta.

Se le ilumina la cara cuando me ve con la monumental tomatera en los brazos. Le dirijo una sonrisa alegre mientras coloco la planta sobre su mesa, empujando sin miramientos la planta muerta. Cae al suelo detrás de la mesa, como si nunca hubiera existido.

—Lo lograron —Anika toma aire. Desconcertada, mira en dirección a los estragos causados por el Cuchillomóvil—. ¿Ustedes tuvieron algo que ver con esto?

—No de un modo que pueda demostrarse —digo, sonriendo mientras me deslizo hasta mi puesto, donde espera la Caja del Bardo—. ¿No hay más problemas?

—Todo parece estar bien —contesta Anika—. Nadie se acercó a tu proyecto, salvo Brian y yo.

Brian está al otro lado de mi puesto con su sistema de filtración de agua y las manos entrelazadas frente a él. Sería la imagen de la calma y la concentración si no fuera por el golpeteo de sus pies.

Al otro lado del pasillo, los gritos van *in crescendo* y, entonces, todo se detiene. Danny se levanta de un salto y sujeta el Cuchillomóvil como si fuera un amigo peludo y no un *coche con cuchillos pegados con cinta.*

—¡Lo tengo! —proclama triunfante.

Como si no hubiera sido él quien lo soltó para empezar. Me alegro de que diera prioridad a que nadie resultara herido y que el coche no llegara demasiado lejos. No quiero sabotear el proyecto de esa chica por salvar el de Anika.

Se oyen aplausos dispersos y confundidos cuando se detiene al causante del caos, y la chica se apresura a tomar el Cuchillomóvil de las manos de Danny y lo mete otra vez en su jaula. Danny se agacha para recoger a Frodo, que parece haber estado esperando pacientemente a que se calmara el caos, y luego se apresura hacia su propio puesto justo cuando los jueces vuelven a su lugar, sólo un puesto antes del de Anika.

—Bueno —dice uno de los jueces, silbando bajo—. Sin más distracciones, volvamos a lo nuestro, ¿de acuerdo?

Los tres jueces vuelven a la presentación y yo recupero el aliento, todavía con la adrenalina a flor de piel. No puedo creer que lo hayamos conseguido. La satisfacción me aturde y no puedo evitar soltar una carcajada. Porque, ¡mierda! ¡Lo hicimos! ¡Lo logramos! ¡Salvamos la planta de Anika! Y claro, todavía tenemos que encontrar y confrontar a Richard Rasch, ¡pero vamos por buen camino para salvar el día!

Los jueces terminan en la mesa y se dirigen a la de Anika, que comienza su discurso, mostrando su planta en todo su verde esplendor. Los jueces asienten con entusiasmo, mirando impresionados la planta mientras toman notas en sus portapapeles.

Pero en el torbellino del atraco, me olvido de algo muy importante: tengo que hacer mi propia presentación, y he estado tan concentrado en ayudar a Anika y a la feria de ciencias en general que apenas la he ensayado.

El cerebro me da vueltas y miro a mi alrededor con impotencia. Anika está haciendo la presentación de su vida, mientras los jueces escuchan con gestos reflexivos. Brian me está estudiando con una mirada inescrutable, tal vez preparándose para su propia presentación. Unos pasillos más allá, Danny está colocando a Frodo en su jaula. Eddie estará afuera, en el vestíbulo, junto con otros amigos y familiares a los que no se les permite estar en la sala durante la evaluación. Lo que significa que estoy solo por ahora. Tenía algunos aliados en mi cruzada en solitario, y Mike y Lucas podrían llegar en cualquier momento, pero esta parte sólo puedo hacerla yo. Los latidos de mi corazón resuenan en mi cabeza, mis oídos zumban, y entonces, los jueces terminan sus preguntas para Anika y dirigen su atención hacia mí.

Trago saliva con fuerza. Aquí estamos, entonces.

—Eh —digo. Lo cual nunca es un buen comienzo. Me aclaro la garganta—. Ésta es la Caja del Bardo, una máquina de hacer música.

Empiezo con la introducción que grabé en mi cerebro durante los últimos meses, después de haberla escrito y reescrito y practicado tantas veces tanto en mi cabeza como frente al espejo. Explico lo que me llevó a la invención de la Caja del Bardo y el método científico que enmarca el proceso: las hipótesis y los conjuntos de datos que demuestran lo asombrosa que puede ser la Caja del Bardo.

—Pero creo que lo mejor es que se los muestre y los deje juzgar por sí mismos —añado.

Me dirijo al Caja del Bardo y presiono el botón que tiene un fraseo de guitarra pregrabado, cortesía de Eddie.

Excepto que… nada suena.

Miro tímidamente a los jueces, que me observan con expresión impasible, con los bolígrafos golpeando los portapapeles.

—Eh, lo siento, yo… —y vuelvo a presionar el botón.

No suena nada.

Presiono el siguiente botón, que debería tener un golpe de tambor de Gareth. *Nada.*

El siguiente botón debe tener una línea de bajo de Doug. *Nada.*

Desesperado, presiono el último botón, que está programado para reproducir la grabación más reciente, la de esta mañana, de nuestros sospechosos hablando de deshacerse de la planta.

Nada.

Alguien borró todo.

Tiene que haber sido Richard. Debe haber descubierto que teníamos una grabación que lo implicaba, y quería deshacerse de la evidencia.

Pero ¿cómo? Las únicas personas que sabían de la grabación son personas en las que confío. Eddie, que nunca me traicionaría. Danny, que estaba *allí* cuando hicimos la grabación. Anika y Brian, que fueron víctimas.

Miro a mi izquierda. Anika me observa con ojos ansiosos y muy abiertos, y cuando encuentra mi mirada, asiente alentadora.

Miro a mi derecha. Brian ni siquiera mira en mi dirección.

Pero Brian nos ayudó, ¿cierto? Él nos habló de Richard Rasch…

Que fue un callejón sin salida.

Porque…

Dios mío.

¿Richard Rasch?

¿Como… *Dick Rash,* dermatitis genital…?

Seguro que era un nombre falso. Brian nos hizo perder el tiempo.

Nos había dicho que no sabía nada sobre la sede del club, que era un escondite de Eastwood, algo que él *habría tenido* que saber, siendo tan popular en Eastwood como dice que es.

Pero había sido víctima de un sabotaje hace unos años, ¿no es así? ¿O fue una mentira para despistarnos?

¿Por qué, entonces, la forma en que entró en pánico cuando le dije que pensábamos que la planta estaba todavía por ahí?

Luego, *hijo de puta,* ¡la *grabación*! La voz me había sonado vagamente familiar, ¡porque era la de *Brian*! No lo reconocí porque sólo había hablado brevemente, pero…

Los jueces me miran expectantes y cada vez más impacientes, como si les preocupara que pudiera sufrir un derrame cerebral. A mí *también* me preocupa ligeramente esa posibilidad.

Porque Brian es el saboteador.

Y yo soy su última víctima.

—Eh —vuelvo a decir, y me aclaro la garganta.

Los jueces no saben nada de las revelaciones que estoy teniendo. Y no les importará. Sólo les importa la Caja del Bardo, que está a mi lado y por completo desprovista de música.

No tengo tiempo para darle más vueltas a lo que he descubierto. Tengo que improvisar. Y tengo que hacerlo *ahora.*

Que conste que no me gusta cantar delante de la gente, aparte de Suzie. Pero, en ocasiones, los tiempos desesperados requieren medidas desesperadas.

Presiono el botón de grabación de la Caja del Bardo.

—*Dun dun* —canto—. *Dun dun, dun dun, dun dun.*

Los jueces me miran como si estuviera loco. Tal vez lo esté. Termino la grabación, la pongo en bucle y dejo que mi fraseo de guitarra vocalizado marque el tempo de la canción.

Para darle un toque, añado el inconfundible:

—*Ay, ay, ay.*

Oigo a la gente ahogar la risa e intercambiar susurros, pero no tengo tiempo para preocuparme por eso. Sigo adelante, presiono grabar y añado otra capa de fraseos de guitarra tipo *la-la-las*. La pongo en bucle.

Y rezo a los dioses del metal para que esto funcione.

Con las pistas de acompañamiento preparadas, abro la boca para cantar.

"Crazy Train". Ozzy Osbourne. La última cruzada en solitario.

Cierro los ojos ante la atenta mirada de los jueces y de un centenar de estudiantes curiosos, y me concentro en la música. Imagino que estoy en la radio con Suzie, o en el coche con Eddie, cantando a todo pulmón. Y me dejo llevar por la música, cantando alto y orgulloso, con los bucles reproduciéndose en la Caja del Bardo y acompañándome durante la primera estrofa y el estribillo.

Y entonces, termino, presiono el botón para apagar la Caja del Bardo y me quedo en silencio, recuperando el aliento.

No hay aplausos atronadores. No hay vítores. Sólo hay tres jueces, acariciándose la barbilla y garabateando notas en sus portapapeles.

—Gracias por eso —me dice uno.

Todos se vuelven hacia el puesto de Brian.

Brian empieza su discurso ante los jueces. Lo observo, con la cabeza dándome vueltas y los pensamientos a mil por hora.

Porque mi presentación ha terminado. El proyecto de Anika se ha salvado. Pero el caso está lejos de cerrarse.

Porque Brian es el saboteador, y necesito probarlo.

CAPÍTULO VEINTE

SÁBADO 7 DE DICIEMBRE DE 1985

1:26 P.M.

Una vez terminado el concurso, tenemos un descanso de cinco minutos antes de que se abra la sala de exposiciones y comience la visita del público. Danny deja a Frodo en su jaula y sale de su puesto para reunirse conmigo y con Anika.

—¡Santo cielo! —dice, prácticamente vibrando de emoción—. ¡Esto fue muy intenso! ¡No puedo creer que lo hayamos conseguido!

—Aún no hemos terminado —advierto.

—Sí, quiero decir, ¿qué pasó con tu caja? —pregunta Anika.

—Creo —digo— que nuestro amigo Brian podría saber la respuesta.

Hablo lo suficientemente alto como para que Brian, a sólo unos metros de distancia en su puesto, pueda oír la acusación. Danny suelta un grito dramático como si mamá estuviera presenciando un giro en la trama de *Dinastía*, al *mismo tiempo* que Anika y yo nos volvemos hacia Brian.

Brian entrecierra los ojos y cruza los brazos delante del pecho.

—¿Estás insinuando algo? —pregunta con tono acusador.

—No lo entiendo —dice Danny—. ¿Y qué hay de Richard Rasch?

—Era un nombre falso —respondo—. ¿"Dick Rash"? *Muy* creativo. Me da vergüenza no haber reconocido antes que era una patraña.

Que se joda. Se acabaron los juegos. No hay más atracos que hacer, no más investigaciones. Es hora de la verdad. Toda la verdad.

—Saboteaste mi proyecto —reclamo—. Y el de Anika. ¡Y quién sabe cuántos más!

La mandíbula de Brian cae, y luego se abre y se cierra mientras inicia y detiene una docenas de protestas.

—No sé de qué me estás hablando —es la defensa que finalmente deja salir.

—Pero lo que no entiendo —continúo como si él no hubiera dicho nada— es por qué habrías saboteado tu propio proyecto.

—Yo sí lo entiendo —dice Anika, y su rostro se ilumina con determinación a medida que se pone al mismo nivel que yo, a la velocidad del rayo—. Fuiste la primera víctima de la supuesta maldición, hace tres años. Pero no fuiste una *víctima*, ¿cierto?

Mierda. Anika tiene razón.

Es exactamente la razón por la que teníamos miedo de decirles a los profesores o jueces lo que estaba pasando: temíamos que pensaran que habíamos fracasado y buscábamos excusas. Culpar a maldiciones y saboteadores de nuestros propios errores.

Eso es lo que Brian hizo hace tres años.

—Tu proyecto falló —digo—. Y en lugar de reconocer que te habías equivocado, empezaste a sabotear proyectos para poder culpar a la maldición. Seguro que no te dolió echar abajo a los más altos competidores...

Brian se burla.

—Vaya que eres atrevido al creer que *tú* eres la mejor competencia, viniendo aquí con tu cajita de música rara y actuando como si la ciencia fuera *divertida*. Esto es *muy serio*. No tienes ni idea de cómo es. ¡La presión a la que estamos sometidos!

—De entre todas las personas, Brian, yo puedo entender la presión —dice Anika—. Pero ¿en qué ayuda hacer trampas? Lo único que hará es arruinar tu propia vida.

—Ah, ¿sí? —Brian ríe—. No tienes ninguna prueba. Sólo una teoría sin fundamento. Y nosotros, los *científicos*, sabemos que las teorías sin fundamento no significan nada.

Y tiene razón, no tenemos pruebas. Él se aseguró de eso.

Detrás de él, sin embargo, percibo un movimiento. Se dirige hacia nosotros el Hombre del Bigote, de la Academia Eastwood, con una de las jueces a su lado y expresiones severas en ambos rostros. Le había dicho al Hombre del Bigote que pasara por mi puesto después de la evaluación, y está cumpliendo lo que ofreció. Mi corazón salta hasta mi garganta cuando se acerca lo suficiente para oír a Brian decir...

—Ésta es mi última oportunidad de ganar esta estúpida feria de ciencias antes de que lleguen las solicitudes para la universidad, y no voy a dejar que ustedes, aspirantes a Scooby-Doo, se interpongan en mi camino —se burla—. Ya borré tu grabación, y no hay nada que puedas hacer para demostrar que yo hice algo malo.

Levanto la barbilla en señal de desafío y doy un paso al frente, hacia su espacio, un desafío audaz por la victoria inminente, como si tuviera preparado un jaque mate que todos conocemos menos Brian.

—No lo sé —digo. Mis ojos se mueven, deliberadamente, por encima de su hombro, y me dirijo al Hombre del Bigote—. O sea, esa confesión parece prueba suficiente para una descalificación, ¿no lo cree?

Brian se da la vuelta y se encuentra con el Hombre del Bigote y la juez, ahí parados, escuchando con el ceño fruncido.

—¿Qué...? Yo-yo... —Brian tartamudea—. Yo sólo estaba... esto era sólo una broma. Yo no hice nada. ¡Ni siquiera *conozco a* este chico!

La juez suspira y acomoda su portapapeles bajo el brazo.

—Hagámoslo fácil, ¿por favor? Acompáñame, tendrás que responder a algunas preguntas, ¿de acuerdo?

—¡Esto es ridículo! —grita Brian, lo suficientemente alto como para llamar la atención de los estudiantes cercanos que nos observan con curiosidad y luego se acercan sigilosamente para escuchar a hurtadillas—. ¿En serio creen que esto.... que esto es *casual*? ¡Yo voy a la *Academia Eastwood*! ¡Yo soy uno de los mejores estudiantes! ¡Mi sistema de filtración de agua va a cambiar el mundo!

—Tal vez —dice la juez—. Pero no ganará en esta feria.

Ahogo una carcajada tosiendo en mi mano. Danny me agarra del brazo y lo sacude como si no pudiera contener su emoción, y por el rabillo de un ojo veo a Anika ceder por el alivio.

Brian nos lanza una última mirada antes de bajar la cabeza y dejar que la juez lo conduzca hacia afuera, presumiblemente para afrontar las consecuencias de sus actos.

Y entonces, ya no está, y sólo estoy yo con Anika y Danny a cada lado, frente al Hombre del Bigote, que retuerce, apropiadamente, su bigote con gesto reflexivo.

—Bueno, hijo de la maldita *galleta,* ¡eso fue emocionante! —exclama Danny.

—No puedo creerlo —respira Anika—. Lo lograste. En verdad, lo hiciste.

—*Nosotros* lo hicimos —corrijo.

Fueron Danny y Frodo los que proporcionaron la distracción, y Anika la que descifró el motivo de Brian. No puedo evitar sonreírle a Danny, quien se retuerce de emoción.

Anika se dirige hacia el Hombre del Bigote.

—Gracias, señor Adams, en serio. Pensaba que nadie nos creería.

—Estuve a punto de no creerles —admite el Hombre del Bigote, quien al parecer es el señor Adams—. O no lo habría hecho, si no hubiera visto a tus amigos rescatar la planta delante de mis narices —asiente con la cabeza hacia Danny y hacia mí, y luego se vuelve hacia Anika—. Un proyecto impresionante, por cierto. En verdad formas parte de los estudiantes más brillantes de Eastwood, y espero que nunca olvides esto, y menos por culpa de alumnos como Brian.

Los ojos de Anika brillan con lágrimas como si esto significara el mundo entero para ella.

—Gracias —murmura.

—Ahora —dice el señor Adams, aplaudiendo y mirándome fijamente—. Dustin, ¿verdad?

Parpadeo, sorprendido, y me abstengo de mirar por encima del hombro, como si hablara con otra persona.

—Eh… sí, soy yo.

—¿Te importa que hable contigo a solas un momento? —pregunta.

Me toma un poco desprevenido y me preocupa no haber evitado los problemas por completo. Después de todo, me metí en una zona prohibida del centro de convenciones y contribuí a que el coche de Barbie se soltara para sembrar el caos. Pero, fueran cuales fueran las consecuencias, para mí valió la pena.

—Claro —respondo.

El señor Adams y yo nos hacemos a un lado mientras Anika vuelve a su puesto, y Danny levanta sus dos pulgares como gesto de aprobación antes de volver a su propio puesto, donde lo espera Frodo. La gente empieza a llegar para la visita pública; los invitados pueden echar un vistazo a todos los proyectos mientras los estudiantes hacen la misma presentación básica una y otra vez a pequeños grupos durante una hora. Eddie no tardará en volver, y Mike y Lucas podrían llegar en cualquier momento, así que no puedo evitar echar un ansioso vistazo a la multitud en busca de ellos antes de volver a centrar mi atención en el señor Adams.

—Sé que no debía encontrar la sede del club —me apresuro a decir—. Y sé que lo del Cuchillomóvil fue una drástica medida, pero ¿no cree que encontrar al culpable después de años de sabotaje cuenta para algo?

Las cejas del señor Adams se arquean.

—Lo siento, ¿qué?

Parpadeo.

—¿No estoy… en problemas?

Pasa un rato mientras nos miramos uno al otro con gesto inexpresivo.

—No, no estás en problemas, yo sólo… —se interrumpe—. ¿Lo del Cuchillomóvil fue cosa tuya?

Ups. Queda claro ahora que él no lo sabía. Hablando de dispararse en el pie.

Estoy debatiendo si decir la verdad o mentir es la mejor opción. No quiero meter a Danny en problemas, así que tal vez pueda asumir toda la culpa, pero...

—En realidad, no —expresa el señor Adams, antes de que pueda decir nada—. Voy a fingir que no escuché eso.

—Se lo agradezco —digo con voz débil—. Pero, si no tengo problemas, ¿qué...?

El señor Adams se aclara la garganta, acomoda la pajarita y se alisa la camisa. Como si quisiera impresionarme.

—Vi el final de tu presentación —afirma—. Fue formidable. E innovadora. Y... bueno, *divertida.* De una manera que suele faltar en los proyectos científicos de la Academia Eastwood.

—Eh, ¿gracias? —replico.

Todavía no estoy seguro de a dónde quiere llegar con esto, y aún no estoy convencido de que no terminará diciéndome que estoy descalificado.

—Soy reclutador —dice el señor Adams—. Y si así lo quieres, hay un sitio para ti en Eastwood.

Creo que mi corazón se detiene por un segundo. Pero no puede ser posible, porque eso me mataría, y aquí estoy, de pie, vivo, mientras miro al señor Adams boquiabierto como un pez muerto.

—Tendrías que pasar por los canales adecuados, por supuesto. Pero, suponiendo que tus calificaciones sean buenas, mi palabra tiene peso ante el comité de admisiones —continúa el señor Adams, ajeno al cortocircuito que se produce en mi cerebro—. Ofrecemos un entorno de trabajo colaborativo para estudiantes que se toman en serio la ciencia, la ingeniería y la tecnología, y creo que podrías prosperar allí. Instalaciones de última generación, un profesorado con una impresionante lista de galardones y logros. Y estudiantes brillantes, como tú, por supuesto.

—Mierda —digo.

Me estremezco, porque todavía estoy tan lleno de adrenalina por la confrontación que me olvido de que es una figura de autoridad adulta, ante quien probablemente debería cuidar mis palabras. Pero al señor Adams se le mueve el bigote como si estuviera conteniendo una sonrisa.

—En efecto —coincide—. Si el dinero es un problema, puedo hablar bien de ti a la comisión de becas, por supuesto…

—*Mierda* —vuelvo a decir, con el decoro por los suelos, porque esto no parece real. Aun si me pellizcara, seguiría pensando que es un sueño.

Pienso en ese video de la Academia Eastwood con sus brillantes laboratorios y su hermoso campus. Pienso en una enseñanza rigurosa y desafiante, en equipos que cumplen con los estándares de la industria, en nuevas oportunidades. Pienso en ir a la escuela con gente como Anika, que sabe que ser inteligente —ser un nerd— *es* genial.

Levanto la vista y veo que Eddie se acerca desde unas filas más abajo. Me saluda con la mano.

Y pienso en mis amigos. Pienso en Mike y Lucas, que han venido hasta aquí para apoyarme, aunque no siempre nos hayamos llevado bien este año. Pienso en Max, a quien no he tendido la mano lo suficiente, después de todo lo que ha pasado este verano. Pienso en Steve, en Robin y en Eddie. Pienso en mis amigos, y no puedo evitar pensar que no hay otro lugar al que pertenezca más que con ellos.

Ésta fue una cruzada en solitario, pero, en última instancia, no sé quién sería sin mi Hermandad.

—Es un honor —afirmo—. En verdad. O sea, vaya. Pero... no creo que Eastwood sea para mí. Mi lugar está en Hawkins. Mis amigos están allí.

—Estoy seguro de que tus amigos querrían que hicieras lo mejor para tu futuro —replica el señor Adams con amabilidad—. No hay presión, pero, por favor, no tomes ninguna decisión precipitada. Si tienes alguna duda...

Saca una tarjeta de presentación del bolsillo interior de su saco de *tweed* y me la ofrece. La tomo y palpo la gruesa cartulina.

—Sólo piénsalo, Dustin —añade el señor Adams—. En verdad, considéralo. ¿De acuerdo?

Asiento, tembloroso, sin confiar en que consiga hablar mientras mis dedos se enroscan alrededor de la tarjeta de presentación. Se siente como una traición el mero hecho de aceptarla, incluso. Pero, aun cuando acepte considerarlo, creo que mi decisión está tomada.

—Si quieres unirte a nosotros el próximo año, tendrás que ponerte en contacto antes de año nuevo —dice el señor Adams—. Espero tener noticias tuyas.

Me dedica una sonrisa alentadora antes de marcharse.

Lo veo irse a charlar con otro estudiante en su puesto y me siento un poco adormecido. Como si no supiera *qué* sentir y mi cuerpo hubiera decidido que la respuesta correcta es *nada*. O quizás he agotado toda mi energía emocional del día y esto es lo que me queda.

—Ese hombre parece un personaje de caricatura —dice Eddie, acercándose a mí—. ¿De qué estaban hablando?

—Mmm... él sólo estaba... —empiezo, y me interrumpo. Meto la tarjeta de visita en mi bolsillo. Fuera de mi vista, fuera de mi mente—. No fue nada. No hablamos de nada.

—Vaya, amigo, ¿y cómo te fue en la evaluación? —presiona—. ¡Dime al menos *algo*!

Me animo y me deshago de los pensamientos sobre esa absurda y aterradora oferta para centrarme en las demás emociones del día.

—Hombre, te perdiste de *todo* —digo—. ¡Resolvimos el misterio! ¡Atrapamos al chico malo!

—¿Lo encontraste?

—Resulta que era *Brian* —respondo—. Tenías toda la razón cuando dijiste que era un imbécil.

—Siempre he sabido que tengo un sexto sentido para los idiotas —afirma Eddie.

—Tuve que improvisar completamente mi demostración con la Caja del Bardo —añado—. ¡Hice "Crazy Train"! Fue increíble, ¡te habría encantado!

—¡Maldita sea, chico, estoy orgulloso de ti! —me dice Eddie, poniéndome una mano en la cabeza para despeinarme, pero lo único que consigue es desacomodarme la gorra.

Pongo los ojos en blanco y me la vuelvo a colocar correctamente.

—Vaya cruzada en solitario —exclama Eddie.

Me encojo de hombros, un poco tímido ante su entusiasmo.

—Pero *no* ha sido una cruzada en solitario —señalo—. O sea, ¡tú, Anika, Danny y Frodo! No podría haberlo hecho sin ustedes.

—¿Desde cuándo empezaste a aceptar la *modestia*, Henderson? —me dice Eddie—. No te subestimes. Tú fuiste el cerebro de la operación. Con ayuda o sin ella, ésta fue *tu* misión.

No puedo evitar la sonrisa que se me dibuja en la cara. Eddie tiene razón. *Fue* mi misión y, en cierto modo, vencí.

Inocentes salvados, monstruos asesinados, tesoros y puntos de experiencia aguardando.

No puedo esperar a contárselo a Mike y Lucas.

Los primeros invitados se acercan a mi proyecto y lo observan con curiosidad. Eddie me dirige un gesto amable con una leve reverencia, como diciendo: *¡Adelante!*, mientras se aparta.

Me sumerjo en mi presentación y demostración, explicando el proyecto a cada nuevo grupo que visita mi puesto, pero mi atención está dividida, ya que sigo pendiente de la llegada de Lucas y Mike, en compañía de Nancy.

Eddie examina amablemente algunos proyectos cercanos, pero sobre todo se queda merodeando y aplaude entusiasta y atronadoramente cada vez que termino mi presentación, lo que resulta mortificante y satisfactorio por igual.

Mike y Lucas ya están retrasados en este momento, pero no me preocupa. Aún queda tiempo para el periodo de visitas y, en realidad, mientras estén aquí para la entrega de premios, eso es lo más emocionante.

Excepto que el tiempo sigue pasando, y yo sigo dando mi presentación, y Mike y Lucas siguen sin aparecer. Estoy casi preocupado de que algo haya salido mal, que tal vez se hayan desviado en el camino y se hayan perdido. Tal vez sólo se arrepintieron y decidieron no venir. Pero no lo creo, no *puedo* creerlo. Ellos dijeron que estarían aquí.

El periodo de visitas llega a su fin y todo el mundo sale en tropel de la sala de exposiciones para dirigirse al salón donde se celebrará la ceremonia de entrega de los premios. Eddie permanece en silencio a mi lado mientras observo todos los rostros de la multitud en busca de mis amigos. Lo único que veo son docenas de estudiantes con seguidores a su alrededor, compartiendo abrazos, hablando de sus proyectos y radiantes de orgullo. Hasta los padres de Anika están aquí; van a ambos lados de ella con un aspecto severo e intenso, pero están *aquí*. Las puertas de la entrada del vestíbulo permanecen inmóviles, nadie llega, nadie se va.

El pavor se hunde en mi estómago al cobrar consciencia. Me da vueltas la rabia, el dolor, la traición, pero nada de eso aflora a la superficie, sólo se cuece a fuego lento en mi interior. Me siento pequeño y patético. Ni siquiera puedo hacer un berrinche, aunque creo que me lo merezco.

Lo único que puedo hacer es asentir, como si éste fuera el *único* resultado posible, como si debiera haberlo esperado.

Probablemente debería haberlo hecho.

Porque mis amigos no vinieron.

CAPÍTULO VEINTIUNO

SÁBADO 7 DE DICIEMBRE DE 1985

4:03 P.M.

Estoy seguro de que Eddie se da cuenta de mi mal humor, pero no hay tiempo para discutirlo antes de la entrega de premios. Danny, Eddie y yo entramos juntos al vestíbulo, donde Anika ya está sentada con sus padres.

Las nubes de mi decepción se disipan brevemente cuando Anika gana el primer premio. Danny, Eddie y yo aplaudimos y vitoreamos con tanto estruendo que incluso *los padres* de Anika nos miran con disgusto, mientras aplauden educadamente cuando Anika se dirige al escenario para aceptar el trofeo.

Los discursos de clausura pasan borrosos hasta que, de repente, la gente se levanta y abandona el auditorio.

Y así, sin más, ya ha terminado la feria de ciencias.

Danny, Eddie y yo salimos al vestíbulo, donde todos se felicitan y se despiden y empiezan a sacar los proyectos de la sala de exposiciones.

—¡Señor Eddie! —grita alguien.

Nos detenemos y veo a la misma chica de antes que está observando a Eddie con los ojos muy abiertos.

—¿Es cierto lo que dijo sobre la maldición? —pregunta ella.

—No puede ser —dice un chico a un lado—. ¿El antiguo hechicero? ¿Los cementerios profanados? ¿Los círculos en las cosechas? Me creería uno, ¿pero los tres?

Eddie sonríe y me doy cuenta de que así debe haber retrasado el comienzo de la evaluación: más historias de terror, presumiblemente sobre la maldición de la feria de ciencias. Lo que hoy hemos demostrado que es falso, pero, en aras del dramatismo, dejaré que Eddie continúe esta vez.

—Oh, niños ingenuos —dice Eddie, con una sonrisa traviesa en la cara—. Todo es posible, y he aquí por qué...

Danny y yo dejamos a Eddie, que se lanza a contar más historias, con un pequeño círculo de estudiantes reuniéndose rápidamente a su alrededor. Al menos, Eddie se la ha pasado bien hoy, sin importar si le interesa la ciencia o no.

Nos dirigimos a la sala de exposiciones para empezar a recoger nuestros proyectos. Cuando Danny toma la correa de Frodo, veo a Anika en su puesto con sus padres. Danny, Frodo y yo corremos hacia ella.

—¡Mierda, Anika! —digo. Sus padres me dirigen miradas de desaprobación que apenas registro—. ¡Ahora eres una auténtica celebridad científica! ¿Qué se siente?

Anika abre mucho los ojos y lanza una mirada de disculpa a sus padres antes de apartarse a un lado conmigo y con Danny.

—Felicidades, Anika —exclama Danny—. Te lo mereces, sin duda.

—Gracias, chicos —dice—. Me alegro mucho de haberlos conocido a todos —se agacha y le da unas palmaditas a Frodo en la cabeza—. Incluido usted, señor Quackins.

Sonrío, porque siento lo mismo, pero mi sonrisa no alcanza mis ojos. Es difícil ignorar la enorme ausencia de mis amigos. Quería que Mike y Lucas conocieran a Danny y Anika, que conocieran a *Frodo*, que vieran la Caja del Bardo en acción, que formaran parte de esto, parte de mi vida.

Pero no están aquí. Simplemente no les importo lo suficiente.

—¿Qué te pasa, señor Cara Fruncida? —me pregunta Danny, dándome un codazo—. Resolvimos el misterio, pensé que estarías emocionado.

—Lo estoy —digo, pero las palabras salen con un aire de derrota que delata mi estado de ánimo.

Miro a estos nuevos amigos míos, amigos que han contado conmigo y han confiado en mí todo el día para hacer la gran búsqueda y ayudar a llevar al saboteador ante la justicia, y me parece ridículo que hayan confiado tanto en mí cuando sólo soy… yo. Dustin, el mismo perdedor al que le tiran pelotas de basquetbol en la cafetería, el mismo perdedor cuyos amigos no pueden molestarse en aparecer.

—Yo sólo… no sé. Actúo con mucha seguridad como si estuviera preparado —me encojo de hombros, en mi ejercicio de autodesprecio—. Pero la verdad es que sólo soy un perdedor que está aquí compitiendo solo porque mis únicos amigos no quisieron hacerlo conmigo. Ni siquiera quisieron venir a verme.

Hago una mueca de dolor, evitando las miradas del grupo, esperando las inevitables risas y burlas.

—No te ofendas, Dustin, pero eso son tonterías —dice Danny. Eso me sorprende tanto que se me cae la mandíbula cuando me giro para mirarlo—. Yo también estoy aquí con un proyecto que hice solo.

—Yo también —añade Anika—. Y los únicos que aparecieron fueron mis padres, porque lo único que les importa en mi vida es la academia. Puede que *eso* nos convierta en perdedores, pero al menos no somos unos perdedores solitarios.

Danny asiente y sonríe como si Anika le hubiera quitado las palabras de la boca.

Sonrío, y esta vez parece más real.

—Hasta hoy, Frodo era básicamente mi único amigo —admite Danny—. Y sabe escuchar, pero no tiene mucho que decir.

Frodo grazna como en señal de protesta y luego picotea el zapato de Danny, como si lo estuviera castigando. No puedo evitarlo, suelto una carcajada. Anika aguanta un poco más, pero luego se echa a reír a carcajadas y se tapa la boca con la mano.

Y aunque mis amigos me abandonaran, aunque no se molestaran en aparecer como consuelo, después de que no quisieron participar, al menos queda esto. Buena gente. Nuevos amigos. Un pato extrañamente talentoso llamado Frodo Quackins. Y Eddie, que sigue acorralado en el vestíbulo por un puñado de estudiantes, que supongo que siguen pidiéndole más historias de terror.

Ojalá a Mike y Lucas les hubiera importado lo suficiente como para compartirlo conmigo. Pero por ahora, no está tan mal para un día de trabajo.

▶

El viaje a casa con Eddie es bastante más relajado que el de la mañana. Eddie pone un casete con una mezcla más tranquila y rara: Black Sabbath, Metallica y algo más que no reconozco. Estoy callado y contemplativo, y paso la mayor parte del trayecto con los brazos cruzados, mirando por la ventanilla.

Intento no sentirme demasiado traicionado, pero es difícil. Sigo intentando buscar excusas para Mike y Lucas, y por qué podrían no haber venido, pero una y otra vez regreso al hecho de que *no vinieron*. Ni siquiera llamaron. Me dejaron plantado. Que se siente como un tema recurrente en los últimos meses, y no me gusta.

Eddie da un volantazo y se detiene delante de mi casa, después de habernos conducido de vuelta en tiempo récord saltándose todos los límites de velocidad del camino. Mi calle está silenciosa y oscura, los faroles nos iluminan al salir de la camioneta. Eddie abre la parte trasera para que yo pueda sacar la Caja del Bardo.

—Bueno, básicamente tú patrocinaste esta cruzada —digo, sosteniendo la Caja—. Es apropiado que recibas tu recompensa.

Le extiendo la Caja del Bardo en ofrenda.

Eddie se inclina a un lado para inspeccionarla con detenimiento. Entonces...

—No —contesta.

Entrecierro los ojos y aprieto con fuerza la Caja del Bardo.

—¿Qué? —pregunto—. Ése era el trato. Tú me llevarías y tendrías a cambio la Caja del Bardo.

Eddie pone los ojos en blanco como si *yo* fuera el ridículo.

—Vamos, hombre, yo nunca iba a quitarte tu orgullo y tu alegría —dice—. Habría sido feliz con un paquete de cervezas, honestamente.

No señalo una vez más que tengo catorce años y que la cerveza no habría sido una petición razonable. Pero, aun así, eso no habría sido... del todo equivalente.

—Te pasaste todo el día llevándome y trayéndome de Indianápolis y haciendo de niñera de un pato —señalo.

—Eso fue lo que hice, sí —dice Eddie con una mueca, como si él mismo no pudiera creerlo. Luego, se encoge de hombros—. Supongo que eso es lo que hacen los amigos por los amigos que lo necesitan.

Por alguna razón, eso me golpea como un puñetazo en las entrañas y siento el escozor de unas lágrimas, lo cual *es mortificante* e *inaceptable.* Parpadeo rápidamente y asiento despacio con la cabeza de una forma que espero que parezca indiferente. Tengo la sensación de que Eddie se da cuenta.

—De acuerdo —añado—. Gracias.

Eddie cierra la parte trasera de la camioneta, sonríe y hace un saludo con dos dedos.

—Nos vemos, Henderson —se despide.

Vuelve al asiento del conductor, se sube y acelera el motor. Muy pronto, su camioneta se aleja derrapando.

Empiezo a caminar hacia la casa con la Caja del Bardo y mi cartulina a cuestas, pero me detengo cuando veo el resplandor de los faroles iluminando dos bicicletas que yacen en el camino de entrada. Las reconozco de inmediato: son las bicicletas de Mike y Lucas.

Ver esto debería levantarme el ánimo: ¿están aquí? ¿Vinieron? ¿Quizá *sí* les importa? Quizá *sí* haya una explicación razonable para que me hayan abandonado... pero, en lugar de enfocarme en eso, me lleno de pavor. Estoy agotado, en verdad, y no quiero tener que lidiar con las excusas que puedan darme. Sólo quiero meterme en la cama y dormir durante una semana.

Encuentro a Mike y Lucas en la mesa de la cocina con una pila de películas alquiladas. Lucas lleva el uniforme de basquetbol. Al verlo, algo me oprime dolorosamente el pecho.

Me acerco y los dos se enderezan, sonriendo, pero despreocupados, como si no me hubieran dejado plantado en el que debería haber sido el mejor día de mi vida. Me esfuerzo por no fruncir el ceño, por mantener la calma, pero es difícil.

—¡Hey! Espero que no haya problema, entramos con la llave que está debajo del tapete —dice Lucas.

—¿Cómo estuvo la feria de ciencias? —pregunta Mike.

—Estuvo bien —les contesto.

Aunque antes quería contarles todo sobre el misterio y el saboteador, ahora sólo quiero librarme de ellos.

Mike parece captar mi mal humor, lo que significa que no lo estoy haciendo tan bien como pensaba.

—Mira —dice con una mueca—, lo del periódico de Nancy se alargó, así que no conseguimos quién pudiera llevarnos.

—Así que yo fui a mi entrenamiento de basquetbol —menciona Lucas—, pero queríamos al menos felicitarte.

—Deberían haber llamado al centro de convenciones —digo—. Los estaba esperando.

No digo: *Todos los demás tenían amigos y familia allí.* No digo: *Contaba con ustedes.* No digo: *Pensé que les importaba un poco más que eso.*

Mike y Lucas intercambian miradas de culpabilidad. La parte de mí que está enfadada —una parte que crece rápidamente— piensa: *Bien.*

—Por eso queríamos estar aquí cuando llegaras a casa —dice Lucas.

—Trajimos algunas películas y pensamos que podríamos pedir pizza o algo así —ofrece Mike.

No sé por qué, pero esto es lo que me rompe. Este premio de consolación por no presentarse, que *ya* era el premio de consolación por no participar en la feria conmigo, para empezar. Decepciones sobre decepciones sobre decepciones. Se siente como la confirmación de todos mis temores desde que comenzó la preparatoria: mis amigos están cambiando demasiado rápido para que yo cambie con ellos. No les importo y me están dejando atrás.

No puedo contenerme más. La tranquila decepción de las últimas horas se convierte en rabia e indignación.

—¿Creen que esto compensa que hayan sido amigos de mierda durante, digamos, *meses*?

—Vamos, hombre —dice Mike—. ¿Qué se supone que significa eso?

Ahora no puedo volver atrás. Y ni siquiera quiero volver atrás.

—Exactamente lo que acabo de decir —añado, cruzando los brazos sobre mi pecho—. Ustedes, chicos, han sido *unos amigos terribles*.

—¿Perdón? —dice Lucas, pero no suena para nada arrepentido—. Nosotros *somos* terribles por no haber ido a tu feria de ciencias. Pero que tú te portes como todo un imbécil porque me apunté al equipo de basquetbol, *¿eso* no es terrible?

Pongo los ojos en blanco. ¿Cómo puede siquiera hacer esa comparación?

—Le he prestado una cantidad completamente razonable de atención a eso, teniendo en cuenta lo ridículo que es —respondo.

—¡Eso es exactamente de lo que estoy hablando! —replica Lucas—. No te lo tomarás en serio, aunque te *haya dicho* que es importante para mí.

—Chicos, por favor, ¿podemos…? —intenta Mike.

—Sí, más importante que tus *amigos* —digo—. Lo has dejado perfectamente claro.

—¿Y *tú* has sido un amigo perfecto? —pregunta Lucas.

—¡Sí, de hecho! —estallo, casi riéndome de la pregunta. Soy el único que se ha preocupado por la Hermandad, que ha intentado mantenernos unidos mientras todo se desmoronaba.

Lucas me mira fijamente y mueve la cabeza como si no pudiera creer lo que estoy diciendo. Cuando vuelve a abrir la boca, su voz es mortalmente seria, tranquila, uniforme.

—Max y yo terminamos, ¿lo sabías? —pregunta.

Eso me deja en silencio. Porque *no* sabía. ¿Por qué no lo había dicho? ¿Por qué...?

¿Por qué no se lo había preguntado?

—¿Cuándo? —pregunto. No *por qué*, porque Max ha estado distante por tanto tiempo que eso parece obvio.

—Acción de Gracias —dice Lucas—. Mientras tú has estado ocupado jugando con tus experimentos, el resto de nosotros hemos estado lidiando con la vida real.

Me siento paralizado, como si mi sangre se hubiera convertido en hielo en mis venas, como si no pudiera moverme excepto para girar lentamente la cabeza hacia Mike.

—¿Tú lo sabías? —pregunto.

Mike asiente, con cara de no querer verse atrapado en medio de esto. Por lo general, soy *yo* quien media entre Mike y Lucas, y no creo que a *ninguno* de los dos nos gusta que hayamos llegado a ese arreglo.

—Yo... —empiezo. Pero ¿qué podría decir ante eso? Saber que soy el último en enterarme, que nadie pensó en darme una pista siquiera. Que a ellos no les importó lo suficiente como para decírmelo. Que ellos no pensaron que a *mí* me importaría saberlo—. Siento oír eso. En verdad. Pero ha sido un día muy largo. ¿Podemos... hacer esto el lunes? ¿Pueden tan sólo irse a casa?

—Dustin, vamos... —dice Mike.

—No, tiene razón —señala Lucas—. Deberíamos irnos.

Lucas se levanta de la mesa y sale de la cocina, mientras Mike se queda un momento más.

No estoy seguro de si debería protestar y disculparme o gritarles todavía más, y la sola incertidumbre por sí sola es la prueba de que necesito espacio y dormir antes de volver a hablar con cualquiera de ellos. Pero, sobre todo, cuando Mike también se va, me siento aliviado.

La puerta principal se abre con un chirrido y se cierra tras ellos. Sus voces apagadas dicen *algo* mientras toman sus bicicletas y se van. Pero no escucho. Sigo parado en la cocina, justo donde me dejaron, clavado en mi lugar. Solo, salvo por la Caja del Bardo.

Y Tews, que se restriega contra mi pierna, recordándome que es su hora de cenar. Esto por fin me saca de mi asombro porque, aunque he tenido el peor final del día, no voy a castigar a Tews por ello. Me agacho para acariciarla y algo en mi bolsillo se me clava.

Meto la mano en el bolsillo y saco un trozo de papel grueso. Es la tarjeta de presentación que me dio el señor Adams por si tenía preguntas sobre Eastwood. Toco las letras en relieve.

Debería tirarla.

No lo hago. La pego al refrigerador con un imán y luego le doy de comer a Tews.

Y hago lo que le dije al señor Adams que haría: lo pienso.

CUARTA PARTE

ST
NERDS + FREAKS

CAPÍTULO VEINTIDÓS

DOMINGO 8 DE DICIEMBRE DE 1985

—Suzie, ¿me copias? Soy Dustin, adelante.

No es nuestro día ni hora habitual para llamar, así que no estoy seguro de que vaya a estar allí. Los domingos y los lunes son los días más difíciles para hablar con Suzie; se supone que no puede usar la radio ni la computadora, ya que debe estar centrada en la familia y en Dios, o lo que sea.

Tarda un minuto, pero la radio crepita.

—*¡Te escucho alto y claro, Pastelito!*

Ante el sonido de su voz, prácticamente me dejo caer en la silla del escritorio con un suspiro, más agradecido que nunca, después de lo de ayer.

—Hey —digo.

Y mi voz debe de sonar tan abatida como me siento, porque la respuesta de Suzie es instantánea.

—*¿Qué está pasando, Pastelito?* —pregunta—. *¿Sucedió algo en la feria de ciencias?*

—Dios, te extraño —suspiro—. Y sé que se supone que no debes usar la radio los domingos, pero…

—*Yo también te extraño, Dusty. Papá está fuera ahora mismo, así que tengo unos minutos, pero volverá pronto.*

—Está bien. Sólo quería oír tu voz.

Suzie suelta una risita y el sonido me llena el estómago de mariposas.

—*Bueno, cuéntame qué te pasa, Dusty* —me pide.

Estoy a punto de empezar a hablar cuando…

—*¡Suzie, deja la maldita radio!* —una voz que parece la de la hermana mayor de Suzie, Eden, irrumpe en la radio, acompañada de un portazo.

—*¡Fuera de mi habitación!* —dice Suzie.

—*Suzie, lo digo en serio. Papá va a cortarte la cabeza…*

La radio queda en silencio durante un largo minuto y supongo que Eden y Suzie están discutiendo. Espero a que pase. A estas alturas ya estoy acostumbrado a las tonterías de la familia de Suzie, pero mentiría si dijera que ahora mismo no estoy especialmente decepcionado. Me vendría muy bien una buena charla con Suzie, pero todo indica que va a ser difícil.

—*Lo siento, Dusty, tengo que irme. Me pondrás al día el miércoles, ¿verdad?* —pregunta, refiriéndose a nuestra hora habitual de llamada.

—Sí —digo, con un nudo en el estómago, pero intento ocultar mi decepción—. Te lo contaré todo entonces.

Sólo significa que tengo que lidiar con la tormenta de pensamientos de otra manera.

▶

12/08/85

Querido Will,

¡Espero que te esté yendo bien! Te prometí que te escribiría después de la feria de ciencias. La carátula que hiciste quedó perfecta, así que gracias de nuevo por eso.

La feria de ciencias estuvo... muy bien, en su mayoría.

La Caja del Bardo quedó estupenda, hice amigos y resolví un caso de sabotaje académico que había estado sucediendo por años. ¡Intenté cosas nuevas! ¡Y fue genial!

Y durante todo el tiempo estaba ansioso de contarles todo.

Pero luego resultó que Mike y Lucas no pudieron ir. Lo cual apesta.

Tuvimos una discusión cuando llegué a casa. Yo estaba enfadado, y admito que tal vez fui un poco idiota. Y tal vez no me expliqué bien sobre cómo no se trataba sólo de la feria de ciencias, sino de estos meses en los que cada vez se han vuelto más y más distantes, en los que las cosas han cambiado.

Pero quizás ése sea el problema. Tal vez yo necesito cambiar. Buscar algo que no tenga nada que ver con mis amigos, y que tenga todo que ver conmigo.

Ayer me hablaron de... llamémosla: una nueva cruzada en solitario. Promete aventura, tesoros y puntos de experiencia. Y definitivamente es un gran cambio. Podría ser bueno. Tal vez.

Pero me siento como un traidor por siquiera considerarlo. La Hermandad lo es todo para mí. Tú lo sabes

~~Es sólo que ya no sé si significa algo para ellos.~~

En fin. Querías saber sobre la feria, así que me ceñiré a las partes divertidas. El país de las maravillas académicas. El misterio en juego. Los nuevos amigos. Esto va a ser una larga historia, y te encantará el estrafalario animal de compañía...

▶

Salgo de mi habitación y bajo las escaleras mucho más tarde de lo que mamá me permite, incluso los fines de semana. Me dirijo a la cocina, dispuesto a afrontar el día, decidido a intentar ser una persona a pesar de sentirme como un zombi.

Rápidamente se ponen de manifiesto dos cosas.

Primero, Mike y Lucas dejaron accidentalmente su pila de películas al huir anoche.

Segundo, me gasté el dinero que me dio mamá para pedir comida en las golosinas que llevé para el viaje, así que lo único que tengo para alimentarme es comida chatarra variada, a menos que quiera cocinar, que no quiero.

Todo esto para decir que no tengo más remedio que pasarme el domingo comiéndome mis sentimientos en el sofá, viendo a solas las películas que debería haber estado viendo con mis supuestos mejores amigos. Películas y *snacks*... al menos *ellos* son consistentes y fiables.

Voy por la mitad de *Tron*, pero, para ser honesto, no he logrado entender nada. Estoy distraído, pensando en mi pelea con Lucas y Mike, y ponderando aquella oferta del señor Adams. Todas estas emociones que no puedo identificar giran alrededor de mi cabeza como los anillos de Saturno, un millón de partículas, pequeñas y grandes, que representan un millón de pensamientos, en una órbita sin fin.

Mis mejores amigos, decepcionándome una y otra vez. Estoy harto de ser siempre el que más se preocupa.

Un lugar en Eastwood, si quería. Una beca, si la necesitaba. Donde podría explorar la ciencia y la tecnología con los mejores y más brillantes, y con apoyo real.

Mis mejores amigos, creciendo, separándose. Como quieras llamarlo, el factor clave es que me están dejando atrás.

Un lugar en Eastwood, donde tengo la oportunidad de empezar de nuevo, de seguir mis sueños, de hacer algo por mí mismo.

Mis *mejores amigos,* terminando sus relaciones sin sentir que necesitaban decírmelo. Mis mejores amigos, sin sentir que *podrían* decírmelo. Mis mejores amigos… las caras de Mike y Lucas cuando les dije que se fueran.

La puerta principal se abre con un chirrido que me saca de mis pensamientos, y entonces mamá entra por la puerta con su maleta a cuestas.

—¡Dusty! —sonríe, dejando su maleta en la puerta y acercándose al sofá para pellizcarme las mejillas, cosa que *sabe* que odio y que permito sólo porque estoy más que aliviado de verla—. ¿Qué tal la feria de ciencias?

El breve alivio vuelve a ser sustituido por el temor.

—Ah, estuvo bien —digo sin comprometerme—. ¿Qué tal el viaje? ¿Y el cumpleaños de la tía Kathy?

—¡Fue divertido, todo encantador! Ya sabes cómo es la tía Kathy, charla sin parar y demasiado vino blanco, pero... —se interrumpe con un grito ahogado cuando Tews se frota contra sus piernas—. ¡Oh, Tews! Hola, cariño.

Mamá toma a la gata entre sus brazos y la llena de besos.

—¡Pero cuéntame más sobre la feria! —continúa hablando conmigo—. Estaba segura de que llamarías anoche para contarme todo. ¿Olvidaste el número de la tía Kathy? Te lo apunté, ¿verdad?

—No, lo sé —digo—. Sólo tuve un día largo, supongo.

—Pero ¿estuvo bien? ¿Tu proyecto salió bien? ¿Tus amigos fueron?

Está tan entusiasmada, interesada y *despistada* con todo lo que ha pasado que me siento al borde de la risa y de las lágrimas a la vez. Me quita toda esperanza de actuar como si las cosas estuvieran bien.

Y me rompo de nuevo, enterrando la cara entre las manos, con las palabras derramándose sobre mis palmas, en una mezcolanza sofocada:

—Mis amigos me abandonaron, y quizá sea culpa mía, por ser un idiota, y ahora tengo que escaparme a un internado en Ohio.

—¿Qué? —pregunta mamá.

—Nada —contesto—. Todo apesta.

Siento la mano de mamá en la espalda y a Tews arrastrándose hasta mi regazo.

—Ve un poco más despacio, cariño, hazlo por mí.

Dejo de esconderme detrás de las manos y respiro hondo, me distraigo acariciando el sedoso pelaje de Tews.

—Estoy bien, de verdad —digo—. Tengo bocadillos, así que estoy genial.

La mesita está llena de envoltorios como prueba.

Mamá se pone la mano en la cadera y me mira con severidad.

—¿Cuántos pastelillos Little Debbie has comido?

—Una cantidad normal —miento, tomando los envoltorios vacíos para esconderlos.

—¿Has comido *algo* más que chatarra en todo el fin de semana?

No he comido nada más que chatarra en todo el *fin de semana*.

—No —admito.

Mamá suspira.

—Me pondré a hacer sopa.

—No tienes que hacer eso —le digo. Mentiría si dijera que no necesito urgentemente una o dos verduras.

—Me pondré a hacer sopa —vuelve a decir mamá, decidida.

Casi protesto más, pero ya se dirige a la cocina. Salgo de mi capullo en el sofá y me la encuentro abriendo gabinetes y reuniendo ingredientes.

—Ahora, ¿quieres hablarme de la feria de ciencias, desde el principio? —pregunta.

No sé por dónde empezar, y mientras busco cómo intentarlo, mamá camina hacia el refrigerador en busca de comida.

Pero se detiene frente a la puerta cerrada, mirando algo en la mano. Tardo un momento en darme cuenta de que tiene en la mano la tarjeta de presentación de la Academia Eastwood, que había dejado en el refrigerador.

—¿De quién es esto? —pregunta mamá.

No es una acusación, sólo curiosidad.

—Ah, sí —digo, como si lo hubiera olvidado—. Yo… o sea, tal vez no sea nada.

Es eso, o el pasaje a un nuevo futuro que no sabía que quería. ¿Quién podría decirlo?

—Academia Eastwood —dice ella—. Es ese internado científico tan elegante de Ohio, ¿no?

Me sorprende que lo conozca, pero siempre ha sido mamá la que ha buscado campamentos científicos y cosas así para mí, así que supongo que tiene sentido que esté en su radar.

—Sí. Había un tipo en la feria de ciencias que supongo que estaba impresionado conmigo —digo, frotándome la nuca—. Quería que yo considerara la posibilidad de aplicar para entrar. Dijo algo sobre becas. No lo sé, no es gran cosa.

No sé por qué siento la necesidad de minimizarlo. Como si reconocer lo emocionante que es significara admitir que lo estoy considerando. Que lo *quiero*. Y eso se siente como una traición del más alto nivel.

—¡Es increíble, cariño! ¡Esto *sí* es la gran cosa! —exclama mamá. Me abraza, apretando tan fuerte que no puedo respirar hasta que da un paso hacia atrás, poniendo sus manos sobre mis hombros, con los ojos muy abiertos—. Las escuelas como Eastwood pueden darte una gran ventaja para las universidades, y las carreras, y la *vida*...

—Pero *no* puedo, ¿cierto? —pregunto—. Quiero decir, *tú* estás aquí, y mis amigos están aquí...

Mamá frunce el ceño y me dedica una sonrisa con cierta confusión.

—Dusty, ésta es una gran oportunidad —dice—. Tus amigos lo entenderían. Y de alguna manera, yo logré sobrevivir por décadas sola, antes de que tú llegaras a mi vida, así que creo que estaría *bien*. Te echaría de menos, por supuesto. Quiero decir, *el internado*, vaya. Pero no puedes tomar esta decisión basándote en mí, o en tus amigos. Tienes que tomarla por ti.

Tal vez sea que descarté la idea tan rápido que no puedo creer lo entusiasmada que está ella de buenas a primeras, la *seriedad* con que se lo toma. Como si en verdad fuera una opción.

Trago saliva con dificultad, y mi voz sale como un murmullo cuando hablo.

—¿En verdad crees que...? —me aclaro la garganta—. Quiero decir, ¿no crees que la idea es ridícula? ¿Crees que debería considerarlo?

—Por supuesto, cariño —dice ella—. No hay nada ridículo en ese cerebro tuyo tan grande y talentoso. ¿Por eso te peleaste con tus amigos? ¿No quieren que te vayas?

Casi río. El problema es que no sé si siquiera *les importará* que me vaya.

No le he contado a mamá lo de la pelea con Lucas y Mike. Pero está tan orgullosa de mí, tan sonriente, que no quiero decírselo. Más que eso, no quiero tener que admitir que yo también tengo la culpa.

—Algo así —añado.

Pero tiene razón en una cosa: esto podría ser una gran oportunidad. No puedo simplemente descartarla. La partida de Will y Ce fue trágica en cierto modo, pero esto no es lo mismo. Esto no se trata de huir de monstruos y conspiraciones internacionales, es huir *hacia* algo, una oportunidad de estar en un lugar mejor. Y tal vez Will y Ce tuvieron dificultades en su nuevo sitio, pero *ahora* están bien. Al menos, eso es lo que parece en las cartas. Tal vez un gran cambio como ése realmente puede ser algo bueno.

—Llamaré mañana. Sólo para hacer algunas preguntas y averiguar cómo sería el proceso de solicitud. No me comprometo a nada, pero... lo escucharé.

—Me parece un buen plan —dice mamá—. ¿Quieres que esté presente durante la llamada? ¿O que te ayude a pensar las preguntas que vas a hacer?

—Creo que ya lo tengo —respondo—. Pero gracias.

Debería decirle eso a mamá más a menudo, en realidad.

Ella me abraza, me besa en la cabeza y regresa a la sopa.

▶

Después de que mamá me alimenta a la fuerza con litros de sopa de verduras, recojo los videos que Mike y Lucas dejaron y monto en mi bicicleta hasta Family Video a pesar del frío de diciembre.

Esta noche sólo está Steve, que está cambiando el letrero del escaparate a CERRADO justo cuando irrumpo en la entrada. Se tambalea hacia atrás para evitar que la puerta lo golpee en la cara.

—Cuidado, hombre, ¿qué demonios? —reclama, cerrando la puerta detrás de mí—. Vamos a cerrar en dos minutos, ¿qué estás haciendo aquí?

—Necesito hablar contigo —le digo—. Es urgente.

—¿Urgente como de vida o muerte? —pregunta, escéptico—. ¿O urgente como de drama de preparatoria?

—Ambas opciones, potencialmente —contesto.

Steve pone los ojos en blanco y suelta un suspiro de resignación, luego, derrotado, hace un gesto hacia el mostrador y su taburete en señal de invitación.

—Pasa a mi oficina, entonces —dice.

Asegura la puerta para que ya no entre ningún cliente y yo me desplomo en el taburete.

—¿Qué pasa? —pregunta Steve—. ¿No fue ayer la feria de ciencias? Pensé que estarías todo entusiasmado...

—Necesito pedirte tu opinión sobre algo, pero tienes que jurarme que no se lo dirás a nadie.

—Claro, de acuerdo, lo que tú digas —replica, y vuelve a poner los ojos en blanco para demostrar que no se lo está tomando en serio.

—Lo digo en serio, Steve, esto va a tu *tumba* —insisto.

—¡De acuerdo! ¡Dios! No diré ni una palabra, lo juro. ¿Un poco de confianza, Henderson?

—Lo sé —respondo.

Claro que confío en él. Por eso estoy aquí porque necesito su opinión tanto como la de mamá.

Steve se apoya en el mostrador, todo oídos, a pesar de sus quejas.

Se lo cuento todo.

Le cuento que resolví el misterio de la feria de ciencias y atrapé a Brian, y que hice nuevos amigos, Danny y Anika. Le cuento que Eddie fue el único que estuvo a mi lado todo el día, mientras mis amigos me abandonaban. Le cuento que Mike y Lucas me estaban esperando en casa cuando llegué y que exploté contra ellos, que Lucas quizá me odia y que todo parece ser culpa mía.

Por último, le cuento lo de la beca que me ofrecieron en la lujosa escuela de ciencias y que lo estoy considerando mucho más en serio de lo que nunca hubiera pensado.

Escucha todo con atención, en silencio, me deja divagar y hablar deprisa mientras todo se precipita.

—Vaya —exclama Steve, una vez que mis palabras finalmente se detienen—. Eso es... vaya.

—Sí —digo.

Se rasca la nuca, considerando la avalancha de información que le he soltado.

—Quiero decir, amigo, esto es impresionante, y te lo mereces. Pero ¿en verdad dejarías Hawkins? ¿Dejarías a tus amigos?

Y entiendo su preocupación. Porque la Hermandad apenas sobrevivió a la partida de Will y Ce, y, si me voy, el castillo de naipes podría… realmente, finalmente, completamente colapsar. Pero…

—Si de todos modos nos vamos a distanciar, quizá sea lo mejor —añado.

Es la fría verdad que no quiero admitir, pero que es difícil de rebatir.

—Eso ni siquiera tú te lo crees —dice Steve de inmediato, con el tono de regaño que usa mamá cuando suelto una palabrota sin querer delante de ella—. Han sido tus amigos desde que usabas pañales…

—Cuarto grado —corrijo.

—Sí, desde *la infancia* básicamente, ¿y vas a dejar que esto se interponga entre ustedes? —pregunta, sacudiendo la cabeza con incredulidad—. De ninguna manera. Tú mismo has dicho que eres consciente de que has sido un idiota, ¿verdad? *Todos* ustedes han sido unos idiotas. Así que al menos *intenta* hablar con ellos. Dales la oportunidad de disculparse. Y para el caso, ¿tal vez disculparte con ellos también?

—No es tan fácil —contesto.

—Sí lo es, en realidad.

—No lo es, en realidad.

—Sí lo es, *en realidad,* y *no* vamos a estar todo el día con estas idas y venidas, así que dejémoslo ahí.

—*Está bien* —admito.

—*Bien* —dice Steve, dirigiéndome su característica mirada de madre severa. Luego, se suaviza un poco y añade—: ¿Vas a disculparte?

—¡No lo sé! —exclamo, con tono miserable—. He venido para que me hicieras sentir mejor, no para que me regañes.

—Puedo hacer las dos cosas. Sobre todo, cuando la razón por la que te sientes mal es totalmente solucionable.

Me abstengo de decirle que no se siente así, no sea que acabemos discutiendo de nuevo.

—Pero ¿qué pasa con Eastwood? —pregunto.

—¿En serio quieres ir allí? —cuestiona Steve—. O sea, sí, es una gran oportunidad, pero ¿realmente la *quieres*? ¿O tan sólo estás tratando de huir del hecho de que tus amigos están siendo idiotas o lo que sea?

Frunzo el ceño y cruzo los brazos sobre mi pecho, un poco a la defensiva.

—Pueden ser las dos cosas —contesto.

Steve suspira.

—Amigo, sólo... habla con tus amigos, ¿de acuerdo? —suplica—. No tomes una decisión basándote en cómo te sientes sin ni siquiera intentar arreglarlo.

Frunzo el ceño, sobre todo porque sé que tiene razón.

—Llamaré al señor Adams mañana —le digo—. Sólo para obtener más información. Pero... también hablaré con Mike.

—Y Lucas —corrige Steve.

Odio cuando tiene razón.

—*Intentaré* —añado— averiguar *cómo* acercarme a Lucas sin que los dos terminemos siendo todavía más idiotas. ¿Te parece bien? ¿Contento?

—Encantado —responde Steve. Luego frunce el ceño y añade—: Pero me alegra que hayas acudido a mí. Sé que últimamente has estado adorando a tu nuevo mejor amigo Eddie, y... Como sea. Ahora, ¿necesitas que te lleve a casa? Ya está oscureciendo.

Cambia de tema tan rápido que apenas tengo tiempo de procesar que Steve, por lo general tan seguro de sí, podría estar preocupado de que Eddie me agrade más que él, o algo así. Robin había hecho bromas, pero siempre pensé que sólo era eso. Es ridículo, Steve es y será siempre uno de mis mejores amigos. Parece ansioso por dejar atrás el tema de Eddie, así que lo dejo pasar.

—Tal vez —digo—. Pero primero... —me animo un poco y señalo un cartel detrás de él—. ¿No acaba de salir *Gremlins* en VHS?

Steve pone los ojos en blanco como si fuera un gran inconveniente, pero sé que en realidad no le importa.

—Seguro que sí, hombre, espera —suspira y se vuelve para buscar entre las novedades.

El estómago se me revuelve de nervios. Porque mañana voy a hablar con mis amigos, y voy a considerar la posibilidad de tener un futuro en Eastwood. Y las cosas pueden estar cambiando, pueden ser más diferentes que nunca, pero sé que, al final, todo va a estar bien.

CAPÍTULO VEINTITRÉS

LUNES 9 DE DICIEMBRE DE 1985

No sé qué esperar cuando vaya a la escuela el lunes, si debería evitar a mis amigos o si *ellos* me evitarán a *mí.* O si tal vez vamos a fingir que todo está bien y seguir con nuestros días como siempre. Le prometí a Steve que al menos *intentaría* hablar con ellos, así que me desvío de mi camino para encontrar a Mike antes de que suene el primer timbre.

Está buscando en su casillero un libro de texto, y golpeo dos veces la puerta abierta para alertarlo de mi presencia, como si fuera un animal al que no quiero espantar.

Mike levanta la vista e intenta ocultar su sorpresa, pero no lo consigue. Sus cejas se levantan y luego bajan mientras una docena de reacciones diferentes parpadean en su rostro —sorpresa, preocupación, dolor—, antes de apretar los labios en una delgada línea firme.

—Hey —dice, con una expresión neutra en el rostro.

—Hey —contesto.

No sé por dónde empezar. No he sido tan idiota con Mike como con Lucas, pero me enfadé con *ambos,* así que no sé a qué atenerme.

—Mira, sé que has sido un idiota, y sé que yo he sido un idiota, pero me niego a rebajarme a la inmadurez del tratamiento silencioso. Sólo quiero que estemos bien. Entonces... ¿estamos bien? ¿De acuerdo?

Mike ladea la cabeza, pensando. Casi no puedo respirar de la expectación, pero al final suelta un suspiro.

—Sí, estamos bien —dice, y luego me dedica una mirada de disculpa—. En realidad, es con Lucas con quien tienes que hablar.

No sé.

—Sí, pero también fui un cretino contigo —siento como si me lo estuviera poniendo demasiado fácil.

—Sí, pero yo también —Mike sacude la cabeza con una risa autodespectiva—. Mira, lo siento. En serio. He estado distante, lo sé.

Tomo una inhalación profunda. He sentido la distancia de Mike, pero nunca pensé que se disculparía por ello. Ni siquiera creí que se diera cuenta.

—He estado preocupado por Ce —murmura. Creo que es lo más sincero que ha sido conmigo en mucho tiempo—. He estado tan centrado en cuánto la extraño a ella, y a Will, que supongo que de alguna manera... me olvidé de los mejores amigos que todavía están aquí conmigo.

Se me estruja el corazón, porque sé muy bien lo que quiere decir. He estado tan enfocado en lo que solía ser la Hermandad que no me he concentrado en lo que podría ser, en lo que *es*.

—Estoy seguro de que no ayudó que me comportara como un idiota egocéntrico —admito. No es exactamente una disculpa, pero espero que entienda que está implícita.

—No fue así, amigo, en serio —dice Mike—. Si te sirve de algo, me gustaría que me contaras lo de la feria de ciencias, si aún quieres compartirlo.

El alivio me invade como una marea y me relajo, como si me hubieran quitado un peso invisible de los hombros, mientras los músculos que ni siquiera sabía que estaban tensos empiezan a relajarse.

—Gracias, Mike. Y puedes hablar conmigo también. ¿Sobre Ce, y Will? Yo también los extraño, ¿sabes?

Mike parpadea un par de veces, su boca se tuerce y está a punto de decir algo, pero es interrumpido por...

¡Pum!

Un balón de basquetbol se estrella contra su casillero. Pasó a escasos centímetros de mi cara y estuvo a punto de que la puerta del casillero se cerrara de golpe sobre los dedos de Mike.

Se oyen risas dispersas detrás de nosotros, y un *Culpa mía* sin disculparse, mientras Jason Carver recoge el balón, riéndose para sus adentros.

El enfado me eriza la piel. Me muerdo la mejilla para no mandarlo a la mierda, porque las peleas no me hacen ningún bien. Pero esto es el recordatorio perfecto de por qué Eastwood me atrae tanto. Seguro que allí no hay abusadores con chamarras deportivas, no hay balones de basquetbol arrojados con saña en cafeterías y pasillos, no hay cretinos riéndose de todo ello.

Miro fijamente el mar de chamarras deportivas verdes que pasa junto a nosotros cuando veo a Lucas. Nos observa atentamente a Mike y a mí.

Entonces...

—Deberíamos intentar tener cuidado en los pasillos —dice Lucas, con voz cautelosa, pero lo conozco lo suficiente como para oír el ligero titubeo—. Así no atropellamos a nadie.

Es una exclamación tan pequeña. Una defensa apenas. Pero *es algo.*

—Sí, como sea, Sinclair —ríen Jason y sus compinches, sin inmutarse.

La manada de deportistas sigue avanzando por el pasillo y Lucas duda un instante. Me dedica una pequeña y vacilante sonrisa. Luego sigue al grupo.

En cuanto se van, Mike me da una palmada en el hombro.

—Amigo, ésa era tu oportunidad —dice—. Lo está intentando, ¿sabes?

Estoy tan gratamente sorprendido por la interacción que tengo que sacudirme el asombro para volver a prestarle atención a Mike.

—Sí, lo sé —contesto. Luego añado, decidido—: Yo también voy a intentarlo.

Porque Lucas no me odia del todo.

Y yo nunca podría odiarlo.

Necesito arreglar las cosas. Aunque todavía estoy considerando la oferta de Eastwood, sólo pensar en ello me hace sentir culpable.

Suena el timbre y Mike y yo vamos cada uno por nuestro lado a clase.

Le había prometido a Steve que hablaría con mis amigos, y también le había prometido a mamá que llamaría al señor Adams.

Y me debo a mí mismo hacer ambas cosas.

▶

Llamo al señor Adams desde la escuela durante la hora libre porque estoy demasiado inquieto como para esperar a hacerlo hasta llegar a casa. Los alumnos se arremolinan a mi alrededor, charlando y dirigiéndose a diferentes clases y actividades, mientras yo me acerco al teléfono público.

Marco el número de la tarjeta de presentación, que ya está ligeramente arrugada porque he estado jugueteando nerviosamente con ella en los últimos días. Miro fijamente el teléfono y el grafiti garabateado a toda prisa con los ojos desenfocados, mientras el teléfono suena en mis oídos e intento calmar mis nervios.

Clic. La llamada se conecta. Una inhalación de aliento. Y...

—*Dennis Adams al habla.*

—Hola —digo, y mi cerebro, por alguna razón, se queda atascado en *Dennis.* Trago saliva con fuerza y sacudo la cabeza rápidamente como si eso fuera a destrabar el pensamiento y despejar el camino hacia algo que tenga sentido—. ¿Habla Dustin? ¿Henderson? ¿El de la feria de ciencias?

—*¡Sí, te recuerdo, por supuesto!* —dice el señor Adams, y puedo oír cómo se anima a través del teléfono—. *Me alegro de tener noticias tuyas. Todo va bien, espero.*

—Ah, sí —respondo, lo cual tal vez sea una mentira, pero el señor Adams no necesita saber los detalles de mi confusión interior—. Creo que me interesa Eastwood. Tal vez. Me preguntaba si podríamos hablar más sobre ello, como una posibilidad completamente teórica.

—*¡Es excelente escucharte! Aunque sea puramente teórico* —dice. Por la línea suena un timbre escolar—. *Mira, tengo una reunión dentro de unos minutos, pero ¿qué te parece si fijamos una hora y viene otra persona de la junta de admisiones y hablamos más extensamente? No es una entrevista, nada tan formal. En realidad, es sólo* *una oportunidad para que te conozcamos y para que hagas algunas preguntas.*

—Eso suena a una entrevista —señalo antes de poder morderme la lengua.

Por suerte, el señor Adams sólo ríe.

—*Sí, supongo que así es. ¿Qué te parece al final de la jornada del viernes? ¿Quizás a las cinco y media? Puedes llamarme a este número.*

Tengo sesión con el Club Fuego Infernal el viernes, pero, aun así, debería tener tiempo suficiente para llegar a casa y hacer la llamada.

—Eso sería genial —digo—. Gracias.

—*Por supuesto. Hablaré contigo entonces* —añade el señor Adams—. *Y... ¿Dustin?*

—¿Sí?

—*Me alegro mucho de que hayas llamado. Creo que te iría bien en Eastwood, en verdad.*

—Sí —contesto. El hecho de que yo esté tan totalmente de acuerdo hace que me duela el estómago—. Hablaremos el viernes, entonces.

CAPÍTULO VEINTICUATRO

MARTES 10 DE DICIEMBRE DE 1985

Al día siguiente, voy al gimnasio durante mi hora libre y encuentro al equipo de basquetbol jugando un partido de entrenamiento. Me quedo en la puerta, fuera de la vista, y observo.

Nunca me han gustado los deportes. Entiendo el atractivo de los juegos, por supuesto, en el sentido estratégico, pero lanzar pelotas a través de canastas o correr con ellas más allá de las líneas en un campo no me satisface de la misma manera que la resolución de problemas reales. Tampoco ayuda el hecho de que siempre he asociado los deportes con los deportistas que los practican, y que suelen golpearme a mí y a los demás nerds del mundo sólo por diversión.

Pero ahora de alguna forma lo entiendo, al ver a Lucas correr, moverse con el balón, gritar algo a un compañero de equipo y lanzar un tiro hacia la canasta. Es emocionante a su manera, como puede serlo una tensa pelea de Calabozos y Dragones. Hay empujones y tirones, apuestas y pasión, como en una buena historia. Lucas lanza y el balón da vueltas alrededor del aro durante un segundo, antes de entrar en la canasta. Un par de chicos del equipo de Lucas le dan una palmada en la espalda y él sonríe, satisfecho.

No puedo evitarlo. Junto las manos, aplaudo con entusiasmo, animando a mi amigo. Y, efectivamente, llamando la atención de todos en el gimnasio.

—Vamos a tomarnos cinco minutos, chicos —ladra el entrenador, anota algo en un portapapeles y se une a un círculo de jugadores para hablar.

Lucas corre hacia mí, secándose el sudor de la frente con el dorso de la mano. Me doy cuenta de que está dudando por la forma en que se detiene lentamente y, luego, continúa arrastrando los pies. Como si estuviera a punto de darse la media vuelta y huir si la conversación sale mal.

Espero en verdad que no salga mal.

Yo también estoy nervioso, para ser sincero —me sudan las palmas de las manos, tiro de los extremos de mis mangas—, porque tengo muchas ganas de que todo vaya bien. De pronto me pregunto si sólo viene a decirme que me largue de aquí. Tendré suerte si me escucha al menos. Aun así, intento lucir despreocupado, a pesar de los nervios que me recorren el pecho y el estómago.

—¿Sabes que ni siquiera conozco las reglas del basquetbol? —admito—. Aparte del objetivo de meter la pelota en la canasta.

—Definitivamente, hay algo más que eso —añade Lucas con cuidado.

Mantiene la guardia alta, y no puedo culparlo.

—Sí, lo estoy viendo —digo—. Quizá debería aprender. Ya sabes, si quiero entender lo que está pasando si es que voy a uno de tus partidos.

Lucas me analiza, con la cabeza ladeada.

—¿En serio vendrías a uno de mis partidos?

—O sea, si quieres que vaya —digo, queriendo darle una salida—, teniendo en cuenta lo imbécil que he sido al respecto.

—*Sí,* has sido un imbécil —admite Lucas—. Pero obviamente querría que estuvieras allí, amigo.

—Quiero decir, ¿todavía no lo entiendo del todo? —pregunto—. Pero si es lo que tú quieres hacer… debería haberte cubierto las espaldas. Lo siento.

—Sin embargo, no estabas totalmente equivocado —dice Lucas—. Estaba dejando que algunos de estos cretinos me contagiaran y… eso no es lo que quiero ser.

Mira hacia la cancha, donde unos cuantos chicos charlan y ríen mientras hacen rebotar una pelota de un lado a otro.

—Es sólo que… ésta es la primera vez que tengo a alguien como *yo* a quien admirar —añade Lucas—. Y yo sólo quería impresionarlo, ser como él y… encajar. Con él, y sí, con *todos* los chicos populares. Pero eso no es importante. Aunque quiera hacer nuevos amigos, no quiero que ustedes piensen que los estoy abandonando. *Nunca.* Así que… yo también lo siento.

Y, en verdad, eso es lo único que he querido oír de él todo el maldito año. Que seguimos siendo amigos. Que no está tratando de abandonarnos. Que todavía se preocupa por nuestra amistad, por la Hermandad. Estoy tan aliviado que podría llorar.

—No sé bien quién tiró el primer golpe a estas alturas —admito—. Pero… —extiendo la mano en señal de ofrenda de paz. Una tregua.

Lucas abre mucho los ojos. Pasa un rato antes de que por fin extienda la mano para estrechar la mía.

—En realidad —dice, un poco tímido—, he pensado que, tal vez, si no es demasiado tarde, ¿aún podría unirme a Fuego

Infernal? Si no se puede para esta campaña, ¿podría ser para la del próximo semestre?

Me enderezo de inmediato, con los ojos muy abiertos, y una sonrisa se extiende por todo mi rostro.

—Definitivamente, eso se puede arreglar —digo. Eddie se muestra muy reacio a los cambios en la campaña, pero estoy seguro de que podré convencerlo de que incluya un nuevo personaje en las batallas finales—. Hablaré con Eddie —se me ocurre una idea, como si un foco se hubiera aparecido sobre mi cabeza para iluminarme—. Con una condición...

—¿Cuál? —pregunta Lucas.

—Tú tendrás que explicarme las reglas del basquetbol. Para que cuando esté en las gradas viendo tu primer partido de temporada al menos pueda saber *más o menos* qué está pasando.

Lucas esboza una sonrisa y me doy cuenta de que hacía siglos que no lo veía sonreír. Me alegro de volver a verla.

—Sí —dice Lucas—. Sí, puedo hacer eso.

Y así nada más, se siente como si todo estuviera bien de nuevo.

O al menos, como si todo fuera a estarlo, eventualmente.

▶

Me queda todavía un poco de tiempo libre, así que encuentro a Eddie en la sala de audiovisuales, garabateando notas en su carpeta de Amo del Calabozo. Le pregunto, con un apresurado torrente de palabras, si Lucas puede unirse a nosotros esta semana en el Club Fuego Infernal.

Eddie entorna los ojos y cierra la carpeta con cuidado, luego coloca las manos sobre ella.

—A ver si lo entiendo —dice—. ¿Quieres que yo, en nuestras dos últimas sesiones del semestre, y de toda la campaña, añada a un nuevo personaje con un nuevo jugador? ¿En lugar de esperar hasta que empecemos una nueva campaña el próximo semestre?

—Sí —contesto—. Eso es, básicamente.

Eddie respira hondo como si estuviera intentando calmarse. Golpetea la carpeta.

—¿Sabes qué es esto, Henderson? —pregunta.

—¿Tus notas de Amo del Calabozo? —respondo, como si pudiera ser una pregunta capciosa.

—Mis notas de Amo del Calabozo —asiente Eddie—. Donde planifico minuciosamente cada detalle y cada posibilidad de cada decisión que tú y los demás jugadores podrían tomar, y todas las repercusiones de esas decisiones, para poder dirigir una partida dinámica y, francamente, genial.

Trago saliva, porque ya veo a dónde va con todo esto.

—Sí —sale mi voz como un chillido—. Por eso eres tan buen Amo del Calabozo.

—Agradezco el halago —responde Eddie—. Pero un nuevo personaje a estas alturas del partido no está en juego. ¿Y un nuevo *jugador*? Ni hablar. Puede unirse el próximo semestre.

Se me hunde el corazón en el estómago, pero me niego a rendirme. Sólo me hace estar más decidido.

—Eddie, Lucas es uno de los mejores jugadores de Calabozos y Dragones con los que he tenido el privilegio de luchar —digo—. No lo estamos añadiendo sólo por diversión. Lo *necesitamos*. En verdad, entre él y el resto del Club Fuego Infernal, no hay ninguna otra persona con la que preferiría luchar contra monstruos. Dale una oportunidad. Por favor.

Eddie da golpecitos con los dedos en la carpeta, pensativo, y luego me mira con ojos entrecerrados y suspicaces.

—De acuerdo, espera —dice—. Sé sincero. ¿Esto es realmente sobre Calabozos y Dragones?

—¡Sí! —respondo, un poco fuerte.

Eddie arquea más las cejas, dejando claro que *no* me cree.

Suspiro y admito:

—Pero también es que... acabamos de reconciliarnos y estamos caminando sobre hielo delgado, y quiero asegurarme de no dejar las cosas en malos términos si yo...

Me interrumpo. *Si dejo Hawkins para irme a Eastwood.* Sólo de pensarlo me invade la culpa, pero también hay una sensación de emoción y anticipación de que eso sea siquiera una posibilidad.

Eddie levanta una ceja y se inclina hacia delante.

—¿Si tú qué, Henderson?

Se me tuerce la boca mientras me debato pensando si debería decírselo.

Ya se lo dije a Steve y a mamá, pero no quiero que mis amigos se enteren hasta que esté seguro de que me voy, si eso sucede. Sobre todo, porque no quiero que intenten disuadirme.

Pero confío en Eddie. Si esta feria de ciencias sirvió para algo, fue para demostrar que él está de mi lado.

Me siento frente a él.

—Mira, no puedes contarle a nadie —le advierto, en voz baja.

—De acuerdo —dice fácilmente.

—En serio, Eddie, o yo le contaré a todo el mundo cómo gritaste como una niña la primera vez que viste a Frodo Quackins.

—Amigo, no necesitas chantajearme, ya te dije que está bien.

—Lo siento —digo, avergonzado—. Yo... tengo una entrevista mañana. ¿Para esa elegante escuela de ciencias de la feria? ¿Eastwood? Y yo sólo... Si lo hago, no quiero que sea porque estoy huyendo, y no quiero dejar las cosas con mis amigos en malos términos.

Eddie se reclina en su asiento para mirarme, impresionado.

—Maldición. Eres un tipo ocupado, ¿cierto?

No puedo evitar sonreír.

—Te juro que no voy buscando problemas, simplemente me *encuentran*.

—Mentira —dice Eddie—. Tú los buscas.

Río y levanto las manos en señal de rendición.

—De acuerdo, a veces —admito.

Eddie se da golpecitos en la barbilla, pensativo.

—O sea, obviamente te iría genial en una escuela de ciencias. No necesitas que te lo diga.

—Gracias —respondo.

Eddie me estudia un momento más y suelta un suspiro, poniendo los ojos en blanco de forma tan agresiva y teatral que echa hacia atrás su cabeza.

—*Bien* —dice—. Si es importante para ti, dile a Sinclair que me traiga una hoja de personaje para *mañana* al final del día, ¿de acuerdo? Ya encontraré una manera de añadirlo.

Me levanto de un salto con tanto entusiasmo que hago tambalear la mesa.

—¡Gracias, gracias, gracias!

Eddie vuelve a poner los ojos en blanco, pero a mí me parece que es sólo para aparentar, si me lo preguntas.

—Esto es cosa de una sola vez —insiste—. Si alguna vez *vuelves* a pedirme que modifique un *final* de campaña por ti, me reiré en tu cara. ¿Entendido?

—Entendido —acepto.

Y estoy tan emocionado y me siento tan aliviado que, siguiendo un capricho, rodeo la mesa y abrazo a Eddie por los hombros. Me da unas torpes palmaditas en la espalda, sin llegar a devolverme el abrazo, pero se acerca lo suficiente como para considerarlo una victoria.

—¡Gracias! —exclamo de nuevo mientras me alejo—. Se lo diré a Lucas. Te lo entregaremos mañana, seguro.

Me echo la mochila al hombro y me dispongo a salir corriendo de la habitación con un nuevo propósito, pero justo cuando mi mano encuentra la manija de la puerta, Eddie me llama.

—¿Puedo darte un consejo? —pregunta. Hago una pausa y me giro para mirarlo, sentado a la cabecera de la mesa—. Puedes sentirte libre de ignorarlo.

Le hago un gesto con la cabeza para que continúe, prestándole toda mi atención, mientras mis pies me acercan a la mesa.

—Si esa escuela es tu sueño, o lo que sea, necesitas seguirlo —dice Eddie. Mi pecho se tensa y mi corazón da un vuelco—. O sea, es claro que te encantan las ciencias.

—Sí —respondo—. Me encantan.

—Y eso es impresionante. Es sólo que… —Eddie juguetea con los anillos de sus dedos, un movimiento que ahora reconozco como un gesto nervioso—. ¿Recuerdas lo competitivo que era Brian? ¿Y lo intensa que era Anika? Supongo que me preocupa que vayas allí y la ciencia no te parezca tan divertida como lo es para ti ahora. Las cosas podrían ser realmente diferentes allí, ¿sabes?

Y sí, lo sé. Ésa es *la cuestión.*

—Tal vez me vendría bien algo *diferente* —digo—. Tal vez yo *necesito* cambiar.

Eddie se burla.

—Mentira.

Me estremezco ante su falta de vacilación.

—¿Qué es mentira?

—Tú no necesitas cambiar —asegura Eddie, como si fuera obvio—. Tú sólo tienes que… seguir haciendo lo tuyo. Por eso Eastwood te quiere allí. Por eso te adoran tus amigos, incluso cuando están siendo un poco estúpidos al respecto. Por eso eres un gran jugador, y por eso me entristecería perderte de la partida en Fuego Infernal.

Respiro bruscamente y el aliento inflama mi pecho, sorprendido por todos los cumplidos. Porque Eddie es tal vez la persona más genial que conozco, y cumplidos como ésos, viniendo de él, me parecen más valiosos que el primer número en perfecto estado de un cómic de *X-Men*.

—Pero no debes preocuparte por eso, ni por mí, ni por tus amigos —continúa—. Debes preocuparte por lo que *tú* quieres hacer. Y no lo hagas por *cambiar.* Desde que te conozco, Henderson, no has dejado que nadie te diga quién tienes que ser. Ésa es una maldita buena habilidad en esta vida. No la pierdas.

Se me corta la respiración y trago saliva con fuerza para evitar que se me forme un nudo en la garganta. Estoy contento por los elogios, pero, al mismo tiempo, me tomó completamente por sorpresa. Me preocupaba que mis amigos cambiaran, que yo no cambiara con ellos, pero quizá que yo cambie no sea la respuesta. Quizá cuando las cosas están cambiando a nuestro alrededor, lo más valiente que podemos hacer es ser nosotros mismos, sin importar lo que hagan los demás.

—Sí —digo, y mi voz sale débil—. Sí te escucho.

—Bien. Ahora sal de aquí antes de que piense demasiado en cómo demonios voy a añadir este nuevo personaje, y cambie de opinión.

—De acuerdo —digo, y me dirijo de nuevo a la puerta. La abro de un empujón, pero antes de salir al pasillo, me detengo y me doy la vuelta una vez más—. Y… ¿Eddie?

—¿Mmmm? —zumba Eddie, esperando a que hable.

Tengo muchas cosas dando vueltas en mi cabeza y hay muchas cosas que quiero decir. No sé por dónde empezar, pero lo mantendré simple, por ahora.

—Gracias —digo.

Eddie sonríe y saluda con un sombrero imaginario.

—Cuando quieras, chico.

CAPÍTULO VEINTICINCO

VIERNES 13 DE DICIEMBRE DE 1985

El día de mi entrevista con Eastwood, y el día en que se supone que Lucas por fin se unirá a nosotros en el Club Fuego Infernal, me pongo mi camiseta de Weird Al.

No creo que Eddie se refiriera exactamente a eso cuando dijo que fuera yo mismo, pero me parece simbólico, apropiadamente simétrico, ahora que me acerco al final de mi primer semestre en la preparatoria.

En lugar de entrar directamente en la escuela después de bajarme del autobús, me dirijo a la parte trasera del edificio, donde algunos estudiantes se toman un descanso para fumar.

Me siento aliviado al ver lo que busco: cabello rojo, baja estatura, una patineta.

Me quedo atrás por un momento y observo cómo Max hace un giro, una maniobra que sé que ha estado practicando durante años. Lo logra.

—*¡Impresionante, hombre!* —digo con un terrible y exagerado tono de surfista californiano. Ella voltea a verme—. Eso fue *totalmente genial.*

Max se baja de su patineta para detenerla y se vuelve hacia mí.

—Creo que eso iría mejor con el surf que con una patineta —dice.

—Sí, bueno, no conozco la jerga específica de las patinetas —me disculpo.

La diversión se dibuja en los labios de Max, pero es como si no pudiera ser persuadida para sonreír de verdad.

—Quizá sea lo mejor, teniendo en cuenta el mal uso que haces de la jerga que sí conoces.

Río un poco y me atrevo a acercarme unos pasos. Max es como un animal asustado, se sobresalta con el movimiento y me mira con recelo, como si se dispusiera a salir huyendo.

—Max —digo—. Seguimos siendo amigos, ¿cierto?

Parpadea, con los ojos tan grandes como un búho.

—Eh, o sea, sí —responde. Luego mira por encima del hombro como si yo pudiera estar hablando con alguien que está escondido detrás de ella. No hay nadie más—. ¿Cierto?

—¡Dah! —digo, poniendo los ojos en blanco. Nunca fue una pregunta por mi parte—. Es sólo que… no te he visto mucho últimamente.

—Sí, supongo, he estado ocupada —contesta con tono despectivo, evitando mi mirada.

Sus ojos revolotean como si buscara una escapatoria. Lo que significa que tengo que dejarme de rodeos y decir lo que he venido a decir.

—Quiero que sepas que estamos aquí para ti —afirmo, con cuidado de pronunciar bien cada palabra para que no haya posibilidad de que me malinterprete—. Toda la Hermandad lo está.

Max se burla de la sinceridad.

—¿Qué es esto? ¿Te estás muriendo?

—Nop —respondo—. No me estoy muriendo. Estoy tratando de ser un mejor amigo.

—De acuerdo, bicho raro, seguro —resopla Max, pero sus ojos se suavizan como si tal vez estuviera un *poco* conmovida.

Y eso es suficiente para mí.

—¿No querrás jugar a Calabozos y Dragones con nosotros esta noche, o sí? —pregunto.

Max pone los ojos en blanco. Se lo he preguntado suficientes veces como para saber cuál será la respuesta.

—Nop —contesta, haciendo resonar la *p*.

—Sí, me lo imaginaba. Y Eddie me mataría si añadiera a otra persona, de cualquier forma —admito—. Sin embargo, nos vemos por aquí, ¿de acuerdo? No seas una extraña.

Max traga saliva con fuerza, parpadea rápidamente un par de veces como si tuviera algo en los ojos.

—Claro, de acuerdo —dice—. Nos vemos.

Vuelve a su patineta, se monta y se va rodando. Me gustaría poder hacer algo más, como obligarla a quedarse a jugar Calabozos y Dragones con nosotros, pero la dejo marchar.

He dicho lo que tenía que decir: estamos aquí para ella. No sé por lo que está pasando, ni lo que necesita, ni en qué tipo de cruzada paralela puede estar metida.

Pero espero que esto sea suficiente.

▶

Ya pasó exactamente un minuto de la hora de comienzo del Club Fuego Infernal, y Lucas aún no ha llegado.

La mesa está llena, salvo por una silla junto a la mía.

Eddie busca en su carpeta de Amo del Calabozo, y Mike, Gareth, Jeff y Doug están reunidos con las hojas de personaje y los dados sobre la mesa. Yo me quedo mirando el minutero del reloj, que sigue con su *tic, tac, tic, tac,* como si quisiera burlarse de mí.

—¿Estamos seguros de que este tipo nuevo vendrá? —pregunta Gareth, apilando con un gesto distraído su serie de dados en una torre desequilibrada que se derrumba con estrépito.

—Ya viene —insisto.

Porque dijo que lo haría. Y tal vez eso no significó nada cuando se trataba de la feria de ciencias, pero tengo que creer que lo dijo en serio esta vez.

El reloj marca las 3:02 justo cuando la puerta de la sala de audiovisuales se abre y Lucas entra en la habitación.

—Hola, chicos —dice—. Perdonen, ¿llego tarde?

—Sí —refunfuña Gareth.

—¡No, está bien! —añado yo al mismo tiempo, con más entusiasmo del necesario.

Porque él vino. Lucas se unirá al Club Fuego Infernal.

Lucas sonríe tímidamente, se quita la mochila y se sienta en la última silla libre, sacando su hoja de personaje y un lápiz.

—Gracias por unirte a nosotros, Sinclair —dice Eddie—. Vamos a empezar, ¿de acuerdo?

Estoy casi nervioso, de una manera que no había estado con una partida de Calabozos y Dragones desde aquella vez que Mike y yo casi morimos en Castillo Ravenloft, hace unos años. No habíamos jugado todos juntos desde hacía una eternidad, y las cosas han estado muy tensas entre nosotros. ¿Y si ya no es como antes?

Pero cuando Eddie se lanza con su narración teatral, sumergiéndonos en la historia, los nervios van desapareciendo poco a poco hasta que se disipan. Eddie presenta al personaje de Lucas de una forma tan natural, y Lucas utiliza esa asombrosa voz de personaje que impresiona inmediatamente a Gareth, Doug y Jeff, y entonces...

Todos nos metemos en la historia, lo cual es fácil de hacer cuando Eddie dirige unas campañas tan increíbles, y ayuda que Lucas, Mike y yo sepamos cómo compenetrarnos y trabajar juntos, tanto en las partes de rol como en la batalla. Es fácil. Es *divertido.* Y se siente como si ésta fuera la manera en que tiene que ser. Tal vez no sea toda la Hermandad, y quizá no sea lo mismo que antes, pero se siente como la siguiente mejor cosa. Tan sólo jugar mi juego favorito con algunas de mis personas favoritas.

Estamos tan absortos que parece que apenas ha pasado el tiempo cuando Eddie da por concluida la sesión y nos dice que terminaremos la campaña la próxima semana y que debemos estar preparados para quedarnos hasta tarde si es necesario.

Salir de una buena sesión de Calabozos y Dragones es como salir del cine de día, después de pasar dos horas en una habitación oscura y haberte transportado a otro mundo. Entonces, de pronto, te enfrentas a la realidad y al resplandor del sol, y tardas un minuto en volver en ti, en recordar quién eres, cuándo y dónde estás.

Así que parpadeo para alejar la bruma de fantasía y magia de mi mente, y centrarme en la realidad de nuestras figuritas en el mapa de batalla justo cuando todo el mundo empieza a limpiar. Eddie recoge las piezas del tablero, nosotros guardamos nuestras hojas de personaje.

—Seré honesto, Sinclair, tenía dudas sobre añadir a alguien a estas alturas —admite Eddie—. Pero estuviste bastante impresionante.

—Hacía una eternidad que no jugaba —dice Lucas, sonriente y entusiasmado—. Ha sido genial. Gracias por dejar que me una cuando ya están tan adelantados, en serio.

—Yo diría que en cualquier momento —responde Eddie—, pero espero que te unas *a tiempo* el próximo semestre.

—Definitivamente —afirma Lucas—. Estoy dentro, por supuesto.

—¿En serio? —pregunto, tan entusiasmado por *su* entusiasmo que la palabra sale más alta de lo previsto.

—Sí, en serio —contesta Lucas—. Quiero estar en el basquetbol *y* en Fuego Infernal. Nunca quise hacer sólo una cosa o la otra. Todo ha sido abrumador y… lamento haber tardado tanto en venir.

Estoy sonriendo tanto que tal vez me veo como un desquiciado, así que agacho la cabeza para concentrarme en reunir mis cosas y ponerme la chamarra.

Todos gritamos nuestras despedidas y *nos vemos la próxima semana*, y nos vamos, dividiéndonos para tomar las diferentes direcciones cuando salimos al estacionamiento. Eddie, Gareth, Doug y Jeff se dirigen a sus coches, mientras Mike, Lucas y yo esperamos cerca de la puerta a que pasen por nosotros: Nancy llegará aquí en cualquier momento, una vez que termine una reunión del periódico.

—Hey, esto ha sido en verdad genial —dice Mike, con cierto tono dudoso—. ¿Van a hacer algo ahora? ¿Quizá podríamos convencer a nuestros padres de que nos dejen hacer una pijamada de última hora?

Me sorprendo, pero de una manera agradable. Hace unos días, ni siquiera estaba seguro de poder hablar con mis amigos, y ahora parece que somos más fuertes de lo que hemos sido en mucho tiempo. No del todo, tal vez, pero definitivamente *amigos* de nuevo, que es lo que importa.

—Eso sería increíble —digo.

—Oh, ¡quizá podríamos ir a tu casa y así nos mostrarías por fin tu proyecto de ciencias terminado! —propone Mike.

—¿Ustedes quieren ver la Caja del Bardo? —pregunto.

No con timidez, sino una pregunta sincera, porque no quiero aburrirlos con todo ese asunto, pero me encantaría enseñársela.

—Demonios, claro que sí —responde Lucas—. Quiero ver lo que puede hacer, además de esos ruidos de pedos.

—Sí, ¿y no dijiste que Will te hizo las ilustraciones para la carátula? —inquiere Mike—. Tienes que mostrarnos todo.

—De acuerdo. Seguro que pueden venir —digo, incapaz de contener mi entusiasmo, así que acabo rebotando sobre las puntas de los pies.

Mamá se quejará de que no le haya avisado con tiempo, pero eso no es suficiente para disuadirme de hacerlo. *Lo siento, mamá, y gracias.*

Al mismo tiempo, sin embargo, la mención del proyecto científico me recuerda mi entrevista con Eastwood.

—Sólo... tengo que hacer una llamada alrededor de las cinco y media... —les lanzo una mirada nerviosa y añado—: Mi tía Kathy. No es la gran cosa. Llamaré desde otra habitación.

—Sí, claro —dice Mike, justo cuando Nancy se detiene frente a nosotros y nos hace señas para que subamos a su coche.

He estado tan entusiasmado por el Club Fuego Infernal y por la incorporación de Lucas que casi había olvidado estar nervioso por mi entrevista. Pero sinceramente, con Mike y Lucas de nuevo a mi lado, siento que puedo con todo.

▶

Después de que Nancy nos deja en mi casa, llamamos por turnos a nuestros respectivos padres para asegurarnos de que la pijamada está bien. Una vez arreglado, Mike y Lucas me siguen a mi habitación para conocer la Caja del Bardo.

Habían oído mi presentación, pero no habían visto el cartel ni escuchado las capacidades de la Caja del Bardo más allá de los chistes con los que los estuve acosando. Así que les demuestro sus capacidades, pero me distraigo hablando también de cómo Brian saboteó el proyecto y tuve que improvisar. Les cuento la historia de "Crazy Train", y los dos están tan impresionados y hacen tantas preguntas que pierdo la noción del tiempo.

De pronto, miro el reloj y me doy cuenta de que son las cinco y media.

—Oh, mierda —digo, encajando la Caja del Bardo en el estómago de Mike. Él suelta un pequeño *puf* y la toma. Rápidamente, me despido—: ¡Tengo que hacer una llamada, esperen aquí!

Las últimas palabras las digo por encima del hombro mientras corro a toda velocidad fuera de mi habitación y bajo las escaleras hasta detenerme frente al teléfono.

Pero justo cuando tomo la tarjeta de presentación del señor Adams, veo una carta en el mostrador de la cocina que mamá debe haber traído esta mañana. Reconozco la letra familiar de Will en el sobre. La tomo.

Tengo que llamar. *Llamaré,* pero la carta que tengo en las manos me parece más importante, así que pospongo la llamada por uno o dos minutos más, en tanto rompo el sobre y abro la carta. Las pulcras líneas de Will llenan el papel.

Leo:

Dic. 11, 1985

Querido Dustin,

Parece que la feria de ciencias fue toda una aventura, ¡caramba! Eres como el héroe de una novela policiaca o algo así. Y tenías razón, por supuesto que adoré a Frodo Quackins. ¡Qué gran nombre! Parece que la pasaste muy bien. Gracias por contármelo todo.

En cuanto a las cosas menos divertidas...

Voy a ser honesto contigo, suena como si tú y Lucas y Mike estuvieran, todos, comportándose como unos idiotas. Sólo puedo esperar que cuando recibas esta carta ya hayas intentado aclarar las cosas, pero si no lo has hecho: ¡HABLA CON ELLOS! ¡COMUNÍCATE! Nuestros amigos pueden ser idiotas, pero eres importante para ellos. La Hermandad es importante para ellos. Eso creo, en verdad.

Sé lo que es querer que las cosas vuelvan a ser como antes. Siento que eso es lo único que he estado haciendo durante el último año, o algo así. Queriendo jugar Calabozos y Dragones con ustedes, queriendo regresar a Hawkins, queriendo que las cosas sean diferentes. Pero no podemos volver atrás y hacer que las cosas sean como antes. Lo único que podemos hacer es seguir adelante. Y, supongo, esperar a que la gente que importa avance con nosotros.

Esta nueva cruzada tuya... suena emocionante, pero (y ¿tal vez estoy interpretando de más?) no pareces totalmente convencido de ello. Claro, lo hiciste genial en tu última cruzada en solitario. Pero hay una razón por la que estamos en una Hermandad. No puedes hacerlo todo solo. No tienes que hacerlo todo solo.

Creo que, a la hora de la verdad, elegirás la mejor opción para ti. Y cuando llegue el momento, seguro que la Hermandad estará ahí para ti, elijas lo que elijas.

Te escribiré pronto con más actualizaciones de Lenora. Por ahora, solo quería darte la enhorabuena por la feria de ciencias, y espero que tú (y Lucas y Mike) lo solucionen todo pronto.

Hablamos pronto,

Will

En la parte inferior hay un adorable dibujo bocetado de un pato que lleva una capa y un collar con un anillo engarzado, y va armado con una espada. Sólo puedo asumir que se supone que se trata de Frodo Quackins.

Resoplo por la nariz, incapaz de contener una risa, aunque me esté tragando un nudo en la garganta. Sostengo la carta frente a mí un poco más del tiempo necesario, repasando sus palabras, antes de dejarla otra vez sobre el mostrador.

Porque tengo que llamar para una entrevista.

Tomo el teléfono y llamo al señor Adams. Son sólo unos minutos tarde.

—Hola, soy Dustin —digo—. Perdón por el retraso.

—*¡No hay ningún problema!* —contesta el señor Adams—. *¿Sigue siendo un buen momento para hablar?*

—Sí —respondo—. Sí, por supuesto.

Pero las palabras de Will resuenan en mi cabeza, mezcladas con las palabras de Eddie del otro día, y las de Steve, y las de mamá, y apenas puedo concentrarme en el señor Adams, que me está presentando a una importante mujer de admisiones y dando una perorata introductoria sobre la escuela.

Porque mamá tiene razón: ésta es una buena oportunidad. Steve tiene razón: no podía tomar esta decisión estando enojado con mis amigos. Eddie tiene razón: esto cambiaría las cosas, mi relación con la ciencia, mi relación con mis amigos. Y Will tiene razón: no puedo volver atrás, sólo hacia delante.

—*... Así que, dicho todo esto, nos encantaría empezar la conversación averiguando por qué te interesaría venir a Eastwood* —dice el señor Adams.

Oigo que Mike y Lucas ríen a carcajadas en el piso de arriba. Me pregunto de qué se estarán riendo. Odio estármelo perdiendo.

—Claro —digo.

Porque es la pregunta más básica que podría haber hecho el señor Adams. Una pregunta esencial, para la que tengo preparadas docenas de respuestas.

Pero ninguna viene a mi mente. Estoy en blanco.

O... no estoy en blanco. *Conozco* las razones.

Quiero comprometerme con la ciencia. Quiero estar rodeado de gente a la que le importan el conocimiento y la curiosidad. Quiero hacer cosas geniales, hacer preguntas geniales y encontrar respuestas geniales.

Todas ellas son buenas razones, en teoría.

Pero ya no parecen ciertas.

O son ciertas individualmente. Pero en respuesta a la pregunta: *¿Por qué quiero ir a Eastwood?*, no creo que sean ciertas en absoluto. Se sienten huecas. Se sienten como *excusas.*

Ya estoy comprometido con la ciencia. *Tengo* amigos a los que les importan el conocimiento y la curiosidad. He *hecho* cosas geniales, he hecho preguntas geniales, he encontrado respuestas geniales. No necesito ir a Eastwood para eso.

Creo que quería tener una vía de escape. Creo que quería una solución que se sentía fácil, como una bandita para tapar los problemas con mis amigos. Creo que tenía tanto miedo a ser abandonado que pensé en irme yo primero.

Creo que, tal vez, no quiero ir a Eastwood.

—*¿Dustin?* —pregunta el señor Adams.

Porque he estado en silencio durante un largo, largo momento, y están esperando una respuesta.

¿Por qué quiero ir a Eastwood?

No quiero. No quiero estar en un lugar donde alguien pueda estar tan preocupado por una feria de ciencias que sabotee los otros proyectos tan sólo para ganar. No quiero estar en un lugar donde ni siquiera alguien como Anika se sienta apreciada.

Quiero estar arriba, con mis amigos, riéndome de la terrible imitación de Yoda que hace Mike o de los intentos de Lucas por hacer movimientos de karate que ha aprendido de las revistas desde que Max dijo que Karate Kid le parecía guapo. Quiero estar en Family Video, haciendo trizas la sección de novedades mientras Steve y Robin bromean y me regañan por estropear su sistema. Quiero estar en el Club Fuego Infernal, ayudando a Eddie a echar a andar sus historias de magia, héroes y aventuras.

Quiero estar *aquí,* en Hawkins.

—Lo siento —digo—. Les agradezco su tiempo… lo siento mucho. Pero creo… creo que tengo que irme. Tengo que estar en otro sitio.

—*Oh* —dice el señor Adams, decepcionado. No me importa. Me siento más ligero que en semanas—. *Espero que todo esté bien. ¿Quieres reprogramar la entrevista para la próxima semana?*

—No —respondo—. No, creo que… estoy bien aquí, de hecho. Creo que soy feliz donde estoy.

Hay un largo silencio. Un carraspeo.

—*Dustin* —dice lentamente el señor Adams—, *en verdad creo que deberías considerar esto con más cuidado. Es una oportunidad única. No ofrecemos lugares o becas a cualquiera…*

—Lo sé. Pero también tengo una oportunidad única aquí en Hawkins, y sería un idiota si la rechazara.

Ni siquiera es mentira. ¿Cómo puedo rechazar la oportunidad de seguir siendo yo mismo, de seguir amando la ciencia, de seguir estando con mis mejores amigos del mundo tanto tiempo como pueda? No son sólo Mike y Lucas, sino también Max, y Steve, y Eddie.

Un silencio atónito se extiende por el teléfono. Lo rompo, feliz.

—Entonces, gracias por su tiempo, pero no, gracias —digo, alegre—. ¡Que tenga un buen fin de semana!

Y cuelgo.

Y disfruto del silecio de la cocina durante un largo rato, observando la carta de Will. Oigo más risas en el piso de arriba. Me atraen como un canto de sirena, y sigo el sonido escaleras arriba, a través del pasillo, a través de la puerta de mi recámara.

—No digo que Frodo Quackins *no* sea un nombre genial —está diciendo Mike—. Sólo digo que hay otras opciones.

—De acuerdo, te escucho —dice Lucas.

—R2-PATO —propone Mike.*

—De ninguna manera —opina Lucas.

—¿Emperador Cuackatine? —sugiere Mike—. ¿Pato Vader? ¿O Pato Sidious?

—¿Qué me dices de Pato Who? —se aventura Lucas.

Eso los hace reír de nuevo, y yo me quedo en la puerta, observándolos, sonriendo. Están sentados en mi cama con la Caja del Bardo entre ellos, sonriendo por lo que parece ser la primera vez en mucho tiempo. Mike se percata de mi llegada y me mira.

—¿Todo está bien? —pregunta.

---

* A partir de este comentario se inicia un juego de palabras entre Mike y Lucas sobre los personajes de *La guerra de las galaxias* y la serie *Doctor Who*. (N. de la T.)

No sé si se refiere a la llamada o a otra cosa. Tal vez parezco un desquiciado, parado ahí y sonriéndoles como un idiota. Me da igual.

—Sí —respondo—. Sí, todo es genial.

Unos minutos después, bajamos a la sala para ver *Gremlins.* Mike y Lucas se embarcan en un acalorado debate sobre quién hace las mejores palomitas en el microondas, mientras yo señalo que cocinar en el microondas no es precisamente una habilidad. Reunimos un montón de mantas lo bastante grandes como para hacer un nido de tamaño humano y los tres nos amontonamos en el sofá, compartiendo las mantas y las palomitas.

Estoy seguro de que Mike hablará durante toda la película, como siempre, y de que Lucas se dormirá a la mitad de la película, como siempre. Cuando termine, tal vez me quejaré de cada falla argumental, como siempre.

A veces, es bonito que las cosas sigan igual.

Con Lucas y Mike a cada lado, empieza la película.

En verdad, no hay otro lugar en el que preferiría estar.

AGRADECIMIENTOS

Vi la primera temporada de *Stranger Things* a los dieciséis años, cuando salió como una pequeña y desvalida serie en Netflix, y me enamoré de ella. He visto el estreno de cada nueva temporada a la medianoche; he escrito análisis; he montado historias con series de GIF; he escrito fan fiction. He amado esta serie con todo mi corazón durante el curso de más de ocho años, y contando, y me siento muy privilegiado y más que afortunado por haber tenido la oportunidad de escribir para un mundo que amo tanto.

Podría pasarme horas hablando poéticamente de las siguientes personas, pero intentaré hacerlo rápido:

Gracias a mi increíble agente, John Cusick, por escucharme hablar obsesivamente sobre *Stranger Things* durante una hora y, en lugar de pensar que soy un bicho raro, disponerse a conseguirme el trabajo más genial de mi vida.

Gracias al equipo de Penguin Random House por dar vida a este libro, pero sobre todo a mi editor Geof Smith, por su interminable lluvia de ideas y su inquebrantable entusiasmo, y por confiar en mí como autor y como fanático.

Gracias a los equipos de *Stranger Things* y Netflix por hacer posible este proyecto y por darme la increíble oportunidad de jugar en este mundo y con este personaje. A los hermanos Duffer, por crear un mundo tan increíble e inmersivo, con tantos personajes adorables. A Paul Dichter, por proporcionar información esencial y responder a mis muchas preguntas sobre Dustin y el mundo de *Stranger Things*.

Gracias a Gaten Matarazzo por dar vida a Dustin de una forma tan vibrante y convertirlo en el adorable nerd que hemos conocido y adorado durante tantos años.

Gracias a CL Montblanc, Christina Manolopoulos y Jace Camedon por mantenerme cuerdo durante un periodo de redacción muy intenso. Este libro no existiría sin ustedes o, por lo menos, sería mucho peor.

Por último, un enorme e inconmensurable agradecimiento al apasionado *fandom* de *Stranger Things* por alimentar una increíble comunidad de seguidores y por amar a Dustin Henderson en toda su gloria nerd. Espero que este libro los haya hecho amarlo todavía más. Sé que así fue para mí.

Esta obra se imprimió y encuadernó
en el mes de abril de 2025, en los talleres
de Impregráfica Digital, S.A. de C.V.
Av. Coyoacán 100-D, Col. Del Valle Norte,
C.P. 03103, Benito Juárez, Ciudad de México.